中學生文學精讀

杜甫

中學生文學精讀

杜甫

周錫䪧選注

少陵草堂

三聯書店（香港）有限公司

責任編輯：舒　非
裝幀設計：沈怡菁

書　　名	中學生文學精讀・杜甫	
選　　注	周錫䪖	
出　　版	三聯書店（香港）有限公司	
	香港鰂魚涌英皇道1065號1304室	
	JOINT PUBLISHING (H.K.) CO., LTD.	
	Rm. 1304, 1065 King's Road, Quarry Bay, Hong Kong	
發　　行	香港聯合書刊物流有限公司	
	香港新界大埔汀麗路36號3字樓	
	SUP PUBLISHING LOGISTICS (HK) LTD.	
	3/F, 36 Ting Lai Road, Tai Po, N.T., Hong Kong	
印　　刷	陽光印刷製本廠	
	香港柴灣安業街3號6字樓	
版　　次	1998年4月香港第一版第一次印刷	
	2005年8月香港第一版第二次印刷	
規　　格	大32開（140 × 203 mm）264面	
國際書號	ISBN 962・04・1462・4	

© 1998 Joint Publishing (H.K.) Co., Ltd.
Published & Printed in Hong Kong

幾點説明

1. 本書兼具知識性、學術性和趣味性，除大、中學生外，也適合一般社會人士閱讀。

2. 坊間流行的《評傳》本、《詩選》本、《賞析》本、《研究》本各側重其一面。本書另成體例，把杜甫生平、代表作選講與專題研究幾方面融匯為一，務求令讀者在知人論世、涵泳作品之餘，對一些較專門的學術問題也獲得相應瞭解，以提高鑒賞力。

3. 陶潛説："奇文共欣賞，疑義相與析。"杜詩研究雖稱"顯學"，但經千數百年之考索探求，存在問題似仍然不少。因而，本書每遇疑難或有歧見之處，必本着"求其真是"的態度，羅列眾説，加以評斷，並貢一得之愚。學術為公器，有討論方能進步。本書也懇切期待各方君子不吝賜教。

4. 詩選部分，各篇均有"題解"、"譯注"及"評析"。評析力求簡練精當，言之有物，突出重點，以助欣賞研讀。

杜甫之為"聖"（代前言）

1962年，中國大陸曾發行過一套兩枚的郵票，紀念詩人杜甫（712—770）誕辰一千二百五十周年。郵票上配合圖像，分別印着如下兩副聯語：

世上瘡痍，詩中聖哲；

民間疾苦，筆底波瀾。

草堂留後世，

詩聖著千秋。

其實，早在北宋時，杜甫已榮膺"詩聖"的稱號，不過，直到千年後的今日，仍獲得世人一致公認，其詩壇至尊地位莫可動搖，卻絕不容易。

中國詩壇曾有過各種桂冠（或棘冠），如詩仙李白、詩佛王維、詩鬼李賀，還有詩俠、詩霸，詩怪、詩魔等等，不一而足。何以杜甫獨得"詩聖"之名？

聖，甲骨文作𦔮，像人長着大耳朵聽人說話，本義是聽覺靈敏，引申為聰明睿智，再引申為"超出常人，不同凡響，近乎完美"之意。習慣上，或指具有極高智慧和道德的人，或指某方面具有傑出才藝的人。前者如孔子，被譽為"至聖先師"，孟子又稱為"亞聖"（印度則有"聖雄"甘地，法國有"聖女"貞德）；後者如"書聖"王羲之、"草聖"張旭、"畫聖"吳道子、"塑（雕塑）聖"湯惠之等等（西洋有"樂聖"貝多芬，東洋及今之中國又有"棋聖"）。而杜甫之"聖"，實兼兩者而有之：一方面，他是中國古典詩壇技巧最全面、成就最高、影響最大、因而最具代表性的詩人；另方面，他還有霖雨蒼生、造福社會的崇高理想與博大襟懷，以及言行一致、貫徹始終的偉大人格。可見，譽之為聖，不亦宜乎？

一、他是詩歌藝術的集大成者，成為後世師法之楷模，遺澤廣被中外

與白居易齊名的唐代詩人元稹（779—831）曾這樣評價杜甫的詩藝：

> 余讀詩至杜子美，而知小大之有所總萃焉。……蓋所謂上薄風騷，下該沈（佺期）、宋（之問），古傍蘇（武）、李（陵），氣奪曹（植）、劉（楨），掩顏（延之）、謝（靈運）之孤高，雜徐（陵）、庾（信）之流麗，盡得古今之體勢，而兼人人之所獨專矣。……苟以為能所不能，無可不可，則詩人以來，未有如子美者。
>
> ——《唐檢校工部員外郎杜君墓係銘（並序）》

元稹認為，古今詩歌的各種體裁、風格，杜甫（字子美）都能兼而有之，並且無所不精。事實確又如此。杜甫現存詩歌1,459首，其中五絕31首、七絕107首，五律630首、七律151首，五排（排律）127首、七排 8 首，五古263首、七古141首，四言 1 首。可說各種體式應有盡有，而風格亦極其多樣：或沉鬱，或豪壯，或悲慨，或清麗，或深婉……不僅如此，而且各體之中，都有膾炙人口、千古傳誦的名篇佳什。這是自古及今任何

一位詩人都難與比肩的。

「那麼李白又如何？」恐怕馬上會有人這樣詰問。

不錯，李白天才卓特，充滿浪漫氣息，飄然而來，忽然而去，天馬行空，不可羈勒，所以被譽為「詩仙」；但他對詩體形式美有所偏擅（或偏嗜）：主要以重情韻的絕句及重氣勢的古體見長，而不及杜甫「無體不精」那麼全面。此其一。其二，李詩的內容多言求仙訪道，或身世牢騷，每遇塞難，往往自求超脫，若論真正惘瘰在抱、憂念民生，腳踏實地、鍥而不捨的濟世熱情，相形之下，李實遠不如杜。所以白居易曾不客氣地指出：「詩之豪者，世稱李杜。李之作才矣奇矣，人不逮矣，索其風雅比興，十無一焉。杜詩最多，可傳者千餘首，至於貫穿今古，覙縷格律，盡工盡善，又過於李。」（《與元九書》）元稹也認為：「是時山東人李白亦以奇文取勝，時人謂之李杜。余觀其壯浪縱恣，擺去拘束，模寫物象，及樂府歌詩，誠亦差肩於子美矣，至若鋪陳終始，排比聲韻，大或千言，次猶數百，辭氣豪邁而風調清深，屬對律切而脫棄凡近，則李尚不能歷其藩翰，況堂奧乎！」（《杜君墓係銘（並序）》）這些，都是針對李白的弱點有感而發。宋代王安石編選四家詩，以杜為首，以李殿後，並解釋說：「白之歌詩，豪放飄逸，人固莫及；然其格止於此而已，不知變也。至於甫，則悲歡窮泰，發斂抑揚，疾徐縱橫，無施不可。故其詩有平澹簡易者，有綺麗精確者，有嚴重威武若三軍之帥者，有奮迅馳驟若泛駕之馬者，有澹泊嫺靜若山谷隱士者，有風流蘊藉若貴介公子者。……此甫所以光掩前人而後來無繼也。」（《苕溪漁隱叢話》引《遁齋閑覽》）所以，如果從整體角度看，杜甫之作可謂「眾美俱備，千古不朽"，無與倫比。

不過話説回來，李白雖不如杜甫之博大、全面，但某些方面卻更為突出（如"俠氣"和"仙氣"），其獨擅精能之處，絕對無人可及。所以就藝術層面看，一個獨立特行，張揚自我，是"天上謫仙人"；一個兼容並蓄，無施不可，堪稱"廣大教化主"。二者雙峯並峙，互映相輝，誰也替代不了誰，所以從古至今，都是李杜並稱，作為中華詩壇的傑出代表。然而若從仿傚角度言，則後之學子（包括眾多詩人），"以杜為師"者始終佔絕大多數。那是因為杜詩的感情內蘊既普遍靨合人心，而其寫作形式一般又有法度可循，故由之入手，取法乎上，可免"蹈虛"的弊病。

難怪歐陽修、宋祁等編撰的《新唐書·杜甫傳》要盛讚道："甫渾涵汪茫，千彙萬狀，兼古今而有之。他人不足，甫乃厭餘。殘膏剩馥，沾溉後人多矣。故元稹謂詩人已來，未有如子美者。甫又善陳時事，律切精深，至千言不少衰，世號詩史。昌黎韓愈於文章慎許可，至於歌詩，獨推曰：'李杜文章在，光焰萬丈長。'誠可信云。"而宋代詩人，如"秦少游則推為孔子大成，鄭尚明則推為周公製作，黃魯直則推為詩中之史，羅景綸則推為詩中之經，楊誠齋則推為詩中之聖，王元美則推為詩中之神；諸家無不崇奉師法"（仇兆鼇《杜少陵集詳注·凡例》）。被稱為"沉鬱頓挫，直逼少陵"的清代嶺南名詩人宋湘（1757—1826）又這樣頌揚杜甫："六經以外文章盡，三代而還世變興。天扶日月風雲氣，史有龍門詩少陵！"（見拙編《宋湘詩選》〔廣東人民出版社，1986年〕，249頁。）他把杜甫詩歌和司馬遷百科全書式的巨著《史記》並提，認為是足以上配

“六經”，流惠百代，作為華夏社會精神支柱的不朽之作。由歷代的評價，足見杜詩在中國文學史以至文化、思想史上的崇高地位和深遠影響。

杜甫不但在中華詩壇彪炳百代，在包括日本、越南和朝鮮半島的整個東亞“漢字文化圈”內，也一樣受到廣泛的尊崇。

越南過去不少人能寫純熟的漢詩（已故越共領袖胡志明便是箇中好手之一），也有極多杜詩“擁躉”。早年留法的中國學者黃軼球教授曾輯成《越南漢詩略》，是越南人所作“漢詩”的匯萃，其中杜甫的影響便灼然可見。

自韓人在朝鮮半島立國以來，一直使用中國文字，直到李朝世宗大王時（1443年），才創製“諺文”。唐詩傳入韓國，早在公元七世紀左右，其後，杜甫詩逐漸脫穎而出，一枝獨秀（其次是東坡詩），極盛時，甚至“連巷閭婦孺都深受影響”，能隨口吟誦其名篇佳句。後來朝廷集眾儒之力，花四十年時間完成《杜詩諺解》全譯本（1481年刊行）。今南韓大、中學的語文課本內，仍收錄《江南逢李龜年》、《登岳陽樓》、《蜀相》等十多首杜詩。以往的韓國詩人，學習、摹仿杜甫作品可說蔚為風氣，連科舉考試也曾以杜詩的詩目或詩句命題。而高麗朝的君主忠肅王更追贈杜甫以“文貞”的謚號（1336年），令他在異域享有本國君主從未給予過的榮光。可見杜甫詩對朝鮮的影響已從文學領域滲透到社會生活的各層面。（參閱全英蘭《韓國詩話中有關杜甫及其作品之研究》〔台北：文史哲出版社，1990年〕、李立信《杜詩流傳韓國考》〔同上，1991年〕。）

在日本，精研杜詩者更是大不乏人。“一衣帶水”的中日兩國在古代密切的文化交往是眾所周知的，因此，吟詠或寫作"漢詩"，對日本不少社會人士來說，至今仍不失為一種"雅尚"。而他們奉為"圭臬"者，其中當然少不了杜詩。所以，除一般選注（譯）本、賞析本普遍流行外，吉川幸次郎先生還殫多年心力，撰成全集本的《杜甫詩注》（筑摩書房，昭和55年，1979），並出版《杜詩論集》（1980）。另鈴木虎雄、黑川洋一、目加田誠、土岐善麿、高木正一、和田利男、愛川一実諸學者，也發表不少饒有見地的論析、評介杜甫的專著。可見，即使在科技十分昌明發達的現代社會，如杜甫詩般高質素、高品味的文化精品，也不僅不會喪失其固有價值，而且還可能越發顯耀其"潛德之幽光"呢！

二、杜甫高尚的品格與情懷，薰陶過歷代英賢才俊，至今仍有啟迪作用

杜甫胸懷天下，一心"致君堯舜"，以解懸拯溺、普濟蒼生為己任，終其一生，孜孜以求，鍥而不捨，其高尚的志行，與超卓的才華相結合，熔鑄成震古鑠今、情辭兼美的詩篇，以蘊含理想道德人格的慧燈，燭照千百萬人之靈府，因而，其影響力自與一般詩人不同，而遠超乎文藝領域之外。清人浦起龍《讀杜心解·讀杜提綱》說："杜詩合把做古書讀。小年子弟揀取百篇，令熟復，性情自然誠愨，氣志自然敦厚，胸襟自然闊綽，精神自然鼓舞。讀杜不專是學作詩。"便依稀感受到這一點。可以毫不誇張地說，近千年來，中國歷史上曾幹下轟轟烈烈事業的仁人志士，幾乎都受過杜甫的薰染影響。

北宋宰相王安石（1021－1086）便是彰明較著的一個。這位兼開宋代詩風、文風的政治改革家，可說是杜詩的功臣，又是杜甫的知音和崇拜者。他三十歲初登仕途不久，曾搜輯、整理杜甫的遺佚作品二百餘首，令杜甫詩集更臻完善（見王氏《杜工部詩後集序》）；又題詠《杜甫畫像》，大力揄揚其人其詩：

吾觀少陵詩，謂與元氣侔。力能排天斡九地，壯顏毅色不可求。浩蕩八極中，生物豈不稠，醜妍巨細千萬殊，竟莫見以何雕鎪。惜哉命之窮，顛倒不見收，青衫老更斥，餓走半九州。瘦妻僵前子仆後，攘攘盜賊森戈矛。吟哦當此時，不廢朝廷憂。常願天子聖，大臣各伊周；寧令吾廬獨破受凍死，不忍四海赤子寒颼颼。傷屯悼屈止一身，嗟時之人我所羞！所以見公像，再拜涕泗流。推公之心古亦少，願起公死從之遊！

（譯文：我讀杜甫的詩，認為可與創生萬物的元氣比美。它的力量能開拓天宇，迴轉大地。那雄壯的面目、堅毅的神態，世上再也難找。廣闊無邊的世界，有多種事物，醜、美、大、小，千差萬別，人們竟難以看出，它們是怎樣被杜甫生花之筆雕鎪、創造出來的。只可惜他命運太差，窮愁潦倒，不被朝廷收容。當了小官，到老來還被斥逐，飢困流離，走遍半個中國。就在這樣艱困的時候，他吟詠詩歌，仍常為國事耽憂。總希望天子聖明，大臣都像伊尹、周公一樣；他寧願獨個兒房子破了，受凍而死，也不忍心天下人挨冷受餓。唉，現在的人只會為個人的困厄、屈辱而怨嘆傷心，我真為他們感到羞恥！因此，我看見你的遺像，便要一再行禮，流下淚來。像你這樣的思想、胸懷，古來都十分少見，我真願使你起死回生，追隨你的左右！——見拙編《王安石詩選》〔香港三聯書店，1983年〕，29—31頁）

由此體會到杜甫的精神感召力是何等強大！不難想見，王安石後來能力排眾議，銳意革新，內心定有這股力量在支持。

宋金之際，曾屢挫強敵，並起用岳飛，威聲遠播的名將宗澤（1060—1128），被金人敬畏地稱為"宗爺爺"，但因受朝內主和派的排擠壓抑而憂憤成疾。臨死前，他"無一語及家事"，只是吟誦杜甫《蜀相》的名句長嘆："出師未捷身先死，長使英雄淚滿襟！"接着連呼"過河！過河！過河"三聲，含恨而逝。（見《宋史·宗澤傳》。）事迹十分感人。

南宋抗元英雄文天祥（1236—1283，號文山）更常以杜甫詩自勵。他流傳千古的名句："人生自古誰無死，留取丹心照汗青！"（《過零仃洋》）便有着《蜀相》詩的影子。他被囚在大都（今北京）三載，於獄中天天讀杜詩，並集其五言句成絕句二百首，編為一集，就名《集杜詩》。自序說：

> 凡吾意所欲言者，子美先為代言之。日玩之不置，但覺為吾詩，忘其為子美詩也。……子美於吾隔數百年，而其言語為吾用，非性情同哉？昔人評杜詩為"詩史"，蓋以其詠歌之辭，寓記載之實，而抑揚褒貶之意，燦然於其中，雖謂之史，可也。予所集杜詩，自余顛沛以來，世變人事，概見於此矣。（《文山先生全集》）

又自跋云：

> 斯文固存，天將誰屬？非千載心，不足以語此！（同前）

意思是，杜甫雖與自己相去數百年，但是心有靈犀，一點相通，所以《集杜詩》已足以反映其全部經歷和心聲了；後世之人也只有和自己"千載同心"者，才有資格和可能領會這些詩。最後，他堅拒投降，抱着"濟時肯殺身，慘澹苦士志；百年能幾何，終古立忠義"（《集杜詩》第一百七十二首）的信念而從容就義，為國家民族流盡最後一滴血。

晚清康有為（1858－1927）是戊戌維新變法的主將，又是"詩界革命"的先驅。嘗大言："吾學三十歲已成，三十以後，不復有進，亦不必求進。"他除精通"託古改制"的今文經學外，也精熟杜詩，自謂"能誦全杜集，一字不遺"。從他早年憂國傷時、慷慨自許的不少作品中，可知此公不論在思想、藝術上都曾於杜甫處受益匪淺。

舉世欽仰的孫中山先生（1866－1925），高張"民族、民權、民生"三民主義的旗幟，為實現"天下為公"的理想，不屈不撓，奮鬥終生。他既是革命領袖，同時又是一位出色的詩人，對中西文化都有很深的瞭解。曾指出："中國詩之美，逾越各國，如'三百篇'以逮唐宋名家，有一韻數句，可演為彼千數百言而不盡者。或以格律為束縛，不知能者以是益見工巧。……"所論別具卓識。我們試欣賞他一首寫於民元前的七律：

> 半壁東南三楚雄，劉郎死去霸圖空，
> 尚餘遺孽艱難甚，誰與斯人慷慨同！
> 塞上秋風悲戰馬，神州落日泣孤鴻。
> 幾時痛飲黃龍酒，橫攬江流一奠公！

——《挽劉道一》

此詩哀悼死難的革命戰友，風格沉鬱悲壯，顯然胎息於杜甫《諸將》、《詠懷古迹》諸篇，再加上濃厚的時代氣息，故能有力扣動讀者的心弦。可知中山先生於致力國民革命之外，對詩學（尤其是杜甫詩）也有很深的修養。

今天行將邁進二十一世紀，與杜甫的時代似已相隔遙遠。但他高尚的品格與情懷，實體現了中華民族的傳統美德，代表着作為"萬物之靈"的人類社會進步的趨向，是無分地域和時間，永遠都值得稱道、揄揚的。不僅如此，我們還應充分結合現代的條件，繼續把它發揚光大。

三、杜詩不少名篇俊句，已融入漢民族語言中，成為我們日常生活的一部分

這種情況，在世界各國詩壇巨匠——如意大利的但丁，英國的莎士比亞、拜倫，德國的歌德和席勒，俄國普希金等人身上也曾出現。可以這樣說：各國的民族語言孕育、滋養了這些詩壇宗匠，反過來，他們又用自己的生花妙筆回饋社會，努力為本民族的語言增添姿彩。

現舉杜詩的若干例子如下：

> 人生不相見，動如參與商。（《贈衛八處士》）
>
> 露從今夜白，月是故鄉明。（《月夜憶舍弟》）
>
> 家書抵萬金。（《春望》）
>
> 在山泉水清，出山泉水濁。（《佳人》）
>
> 人生七十古來稀。（《曲江二首》之二）〔今稱七十歲為"古稀"。〕

春水船如天上坐，老年花似霧中看。（《小寒食舟中作》）〔今有"霧裏看花，終隔一層"之語。〕

會當凌絕頂，一覽眾山小！（《望嶽》）

夜闌更秉燭，相對如夢寐。（《羌村三首》之一）

出師未捷身先死，長使英雄淚滿襟！（《蜀相》）

文章憎命達。（《天末懷李白》）

喪亂死多門。（《白馬》）

朱門酒肉臭，路有凍死骨。（《自京赴奉先縣詠懷五百字》）

去年米貴闕軍食，今年米賤大傷農。（《歲晏行》）〔今有"穀賤傷農"之語。〕

翻手作雲覆手雨，紛紛輕薄何須數。（《貧交行》）〔今有"翻雲覆雨"之語。〕

射人先射馬，擒賊先擒王。（《前出塞》之六）

不薄今人愛古人。（《戲為六絕句》之五）

李白斗酒詩百篇。（《飲中八仙歌》）

筆落驚風雨，詩成泣鬼神。（《寄李十二白二十韻》）

世人皆欲殺，吾意獨憐才。（《不見》）

十日畫一水，五日畫一石。（《戲題王宰畫山水圖歌》）

意匠慘澹經營中。（《丹青引》）〔今有"慘澹經營"、"意匠經營"之語。〕

將軍下筆開生面。（同上）〔今有"別開生面"之語。〕

爾曹身與名俱滅，不廢江河萬古流！（《戲為六絕句》之二）

目　錄

杜甫生平與創作(上)

一、杜甫的名、字、別稱

杜甫,字子美。其名與字有密切關係(“甫”乃男子的美稱)。

他自稱“杜陵野老”(《投簡咸華兩縣諸子》:“長安苦寒誰獨悲?杜陵野老骨欲折。”)、杜陵野客(《醉時歌》:“杜陵野客人更嗤。”)、杜陵布衣(《自京赴奉先縣詠懷五百字》:“杜陵有布衣,老大意轉拙。”)、少陵野老(《哀江頭》:“少陵野老吞聲哭。”),故人稱杜少陵。(杜陵在長安城東南郊,為漢宣帝陵墓所在地;少陵在其附近。杜甫居長安時曾住在那裏,而先祖又是杜陵人。)

另外,又稱他為“杜拾遺”或“杜工部”。那是因他曾任肅宗朝的“左拾遺”(諫官名。《述懷》:“涕淚受拾遺,流離主恩厚”),晚年在蜀,又由嚴武表奏為“檢校工部員外郎”之故。當然,更常見的稱呼還是“老杜”。

二、杜甫的籍貫和家世

唐玄宗李隆基登基那一年(先天元年,712),詩人出生於河南鞏縣東二里瑤灣，一個"奉儒守官，未墜素業"的仕宦之家。（今瑤灣筆架山下有"工部窯"，傳即杜甫誕生處。）杜家本宅在鞏縣，洛陽可能有公館，而莊園、祖墳則在洛陽東面的偃師縣（參陳貽焮《杜甫評傳》）。

其先祖杜預，本京兆杜陵（今陝西西安市東南郊）人。後代一支徙居襄陽（今屬湖北省）。至曾祖依藝，終河南府鞏縣令，遂世居鞏縣（今屬河南省）。因此杜甫算是河南鞏縣人，自稱杜預"十三葉孫"。

杜預（222—284）為西晉名將，封當陽侯，兼擅文武，有"杜武庫"之稱，所撰《春秋左氏經傳集解》已收入《十三經注疏》中，至今流傳不衰。曾祖依藝官監察御史、河南鞏縣令。祖父審言（約645—708）任修文館學士、尚書膳部員外郎，為初唐名詩人，五律體式主要創成者之一，"天下之人，謂之才子"（《唐故萬年縣君京兆杜氏墓誌》）。故杜甫屢言"吾祖詩冠古"（《贈蜀僧閭丘師兄》），"詩是吾家事，人傳世上情"（《宗武生日》），頗引以為傲。父閑為朝議大夫、兗州司馬，終奉天（今陝西乾縣）令。母崔氏，一說為崔融長女；融雅善詩文，與審言等在武則天朝稱"文章四友"。又審言次子名并（即杜甫之叔父），年十六，為代父報仇，手刃陷害其父之人，而自己亦被殺。其事轟動一時，世人目之為"孝子"，有孝烈之名。可見杜甫接受的遺傳因子，既有文藝天才的細胞，也有名臣、孝子忠義的熱血。他能夠成為如此卓越的詩人，這種家世、門風的影響也是絕對不容忽視的。

三、杜甫的童年、少年、青年

（一）生活：優悠自在。

杜家雖説"近代陵夷，諸侯之貴磨滅，鼎銘之勛，不復炤耀於明時"（杜甫《進鵰賦表》），但始終是世代為官；而且又正當"盛世"，所謂"憶昔開元全盛日，小邑猶藏萬家室，稻米流脂粟米白，公私倉廪俱豐實。九州道路無豺虎，遠行不勞吉日出。齊紈魯縞車班班，男耕女桑不相失。……"（《憶昔二首》之二）因此，詩人從小得以過着自由自在、無憂無慮的生活。晚年回想起來，仍覺歷歷在目，眷戀不已："憶年十五心尚孩，健如黃犢走復來。庭前八月梨棗熟，一日上樹能千回。"（《百憂集行》）

（二）見聞：豐富多彩。

常得以觀賞盛唐諸大家的音樂、舞蹈、繪畫。六歲曾到郾城，觀公孫大娘舞"劍器渾脱"："昔有佳人公孫氏，一舞劍器動四方。觀者如山色沮喪，天地為之久低昂。曜如羿射九日落，矯如羣帝驂龍翔，來如電霆收震怒，罷如江海凝清光。"（《觀公孫大娘弟子舞劍器行》）後來又常在貴族、大臣的府第聆聽歌王李龜年響遏行雲的精彩演唱（《江南逢李龜年》："岐王宅裏尋常見，崔九堂前幾度聞。……"）。同時並獲睹張旭、李邕的書法以及顧愷之、吳道子等丹青高手的畫迹。（"張旭三杯草聖傳。""李邕求識面。""看畫曾飢渴，追蹤恨淼茫。虎頭金粟影，神妙獨難忘。""畫手看前輩，吳生遠擅場：森羅移地軸，妙絕動宮牆。"……）

　　（三）讀書：好學不倦，胸羅萬卷。

　　"讀書破萬卷，下筆如有神。"（《奉贈韋左丞丈二十二韻》）"羣書萬卷常暗誦。"（《可嘆》）"古人已用三冬足，年少今開萬卷餘。"（《題柏學士茅屋》）便是他的"夫子自道"。

　　（四）寫作：少年作家，老輩側目。

　　七歲始作詩文，九歲習練書法。（《壯遊》："七齡思即壯，開口詠鳳凰。九齡書大字，有作成一囊。"《進鵰賦表》："自七歲所綴詩筆，向四十載矣，約千有餘篇。"）十四、五歲，已出遊文苑，與前輩文人周旋，並深受賞識。故《壯遊》詩云："往昔十四五，出遊翰墨場，斯文崔魏徒，以我似班揚。……脱略小時輩，結交皆老蒼。飲酣視八極，俗物多茫茫。"《奉贈韋左丞丈二十二韻》亦云："賦料揚雄敵，詩看子建親。李邕求識面，王翰願卜鄰。"這些，都是他"得意少年時"的真實寫照。

　　（五）交友：結交天下名士（如李邕、王翰，李白、
　　　　　　高適等）。

　　李邕（678—747），揚州江都（今屬江蘇省）人，唐代著名文學家、書法家，"早擅才名，尤長碑頌。雖貶職在外，中朝衣冠及天下寺觀，多齎持金帛，往求其文"（《舊唐書·文苑傳》）。曾任北海（郡名，今山東昌樂縣東南）太守，世稱李北海。樂接文士，性豪俊，不拘小節，有"詞高行直"之美譽。

甫年青時，"李邕奇其材，先往見之"（《新唐書·杜甫傳》），後來兩人又曾在齊州（今山東濟南）相會遊宴，杜有《陪李北海宴歷下亭》詩等。

王翰，并州晉陽（今山西太原市）人，睿宗景雲元年（710）進士，任秘書正字，後貶道州司馬。性豪放，喜歌舞飲酒，善作歌詞。今《全唐詩》存詩一卷。《涼州詞》（葡萄美酒夜光杯）最為人傳誦。

李白（701—762），字太白，祖籍隴西成紀（今甘肅天水縣附近），前代於隋末流徙中亞，白出生於中亞碎葉（當時屬唐安西都護府），五歲隨父遷居綿州昌隆（今四川江油縣）。"五歲誦六甲，十歲觀百家"（李白《上安州裴長史書》），受縱橫家及儒、道思想影響較深，好劍任俠，擅詩能文，素抱大志，名動京師，賀知章一見，驚為"天上謫仙人"。天寶元年受薦，供奉翰林院，受到御床賜食，御手調羹，"問以國政，潛草詔誥"（李陽冰《草堂集序》）的隆遇，後終因讒致疏，被放還山。與杜甫於洛陽相識，曾同遊梁、宋、齊、魯，彼此志趣相得，互有詩相贈，成為盛唐詩壇佳話。晚年浪迹東南，擬隱廬山，被邀入永王璘幕府，永王兵敗，白受牽連坐罪，長流夜郎，中途遇赦得還，不久病殁於當塗。杜甫對之不斷有詩深情憶念。

高適（702—765），字達夫，渤海蓨（今河北省景縣南）人。性落拓，不拘小節。早歲浪遊梁、宋，與李、杜結交。後因人薦舉，中"有道科"，曾任封丘縣尉，又作哥舒翰記室參軍。在長安曾與杜甫、薛據、岑參同遊慈恩寺塔，各賦一詩。杜晚年流寓蜀中，高適任蜀州刺史，曾以祿米相贈，又於人日相憶有詩見寄。官至左散騎常侍。有《高常侍集》。高歿後，杜尚有《追酬故高蜀州人日見寄》詩感慨懷舊。

（六）遊歷：四次，前後十餘年。

1. 遊晉，至郇瑕（今山西猗氏縣）：19歲，開元十八年（730）。結識韋之晉、寇錫。

《哭韋大夫之晉》：「淒愴郇瑕地，差池弱冠年。丈人叨禮數，文律早周旋。」《奉酬寇十侍御錫見寄四韻復寄寇》：「往別郇瑕地，於今四十年。」這是杜甫晚年對當年交遊的憶述。

2. 遊吳越（今江蘇、浙江一帶）：20—24歲，開元十九至二十三年（731—735）。

江南是人文薈萃之區，又曾是吳、越爭鋒之地。六朝金粉、王謝風流，處處激蕩詩人之情懷，啟迪其創作遐想。他遊覽過金陵、蘇州、錢塘、鏡湖、剡溪、天姥山等眾多古迹名勝，還準備了航船，打算遠航日本，可惜未能成行，這成了他極大的遺憾：「東下姑蘇臺，已具浮海航，到今有遺恨，不得窮扶桑。王謝風流遠，闔廬丘墓荒，劍池石壁仄，長洲芰荷香，嵯峨閶門北，清廟映迴塘。每趨吳太伯，撫事淚浪浪。枕戈憶勾踐，渡浙想秦皇。……」（《壯遊》）此行飽覽江南名勝風光，深受河山美景的薰染與豐厚歷史文化傳統的陶冶。

24歲，自吳越歸東都洛陽，由本縣保送參加進士試，不第。《壯遊》詩：「歸帆拂天姥，中歲貢舊鄉。氣靡屈賈壘，目短曹劉牆。忤下考功第，獨辭京尹堂。」便是指這回科場失意之事。

3. 遊齊趙（今山東、河北、河南一帶）：25—29歲，開元二十四至二十八年（736—740）。

6

下第後，即漫遊齊趙。《壯遊》詩：「放蕩齊趙間，裘馬頗清狂。春歌叢臺上，冬獵青丘旁：呼鷹皂櫪林，逐獸雲雪岡；射飛曾縱鞚，引臂落鶖鶬。蘇侯據鞍喜，忽如攜葛強。」便是那段時期狂放生活的寫照。其間結識了蘇預（源明，即詩中的「蘇侯」）。由本詩描述可見，杜甫當年擅長射獵，騎術、箭法都相當了得，難怪後來寫鷹、馬之詩特別多且傳神。

時父親杜閑正任兗州（又名魯郡，今山東兗州縣）司馬，詩人因往省侍。賦《登兗州城樓》詩，又有《望嶽》詩。是為杜甫集中現存最早作品之一。

4. 與李白、高適同遊梁宋（今河南開封、商丘一帶），復與李白遊齊魯（今山東）：33—34歲，天寶三至四載（744—745）。

30歲（開元二十九年，741），杜甫結束漫遊，回到洛陽。築室洛陽東、偃師縣西北二十五里之首陽山下，名陸渾莊。作《祭遠祖當陽君文》告杜預。有《房兵曹胡馬》、《畫鷹》詩等。次年（天寶元年，742），李白自會稽應召至京師長安，供奉翰林院。天寶三載（744）三月，楊玉環（後冊封「貴妃」）專寵，不久李白為高力士所譖，被賜金放還。四月間，與杜甫初會於洛陽，兩人一見如故。杜有首篇《贈李白》詩（二年客東都）。秋天，杜甫與李白、高適同遊梁宋，登吹臺、琴臺，賦詩論文，慷慨懷古。《遣懷》詩：「憶與高李輩，論交入酒壚，兩君壯藻思，得我色敷腴。氣酣登吹臺，懷古視平蕪，芒碭雲一去，雁鶩空相呼。」《昔遊》詩：「昔者與高李，晚登單父臺（即琴臺）。寒蕪際碣石，萬里風雲來，桑柘葉如雨，飛藋去徘徊。清霜大澤凍，禽獸有餘哀。」便是憶述當年的情事。秋後，高適南遊楚境，甫再遊齊魯。

次年（天寶四載，745）夏，曾陪李邕宴齊州（今濟南）歷下亭，賦詩，有"海右此亭古，濟南名士多"之句。時李白亦返山東（其家在魯郡，即兗州），遂相與同遊。"醉眠秋共被，攜手日同行"（《與李十二白同尋范十隱居》），情好益密。《贈李白》（秋來相顧尚飄蓬）詩即當時所作。至深秋，甫歸洛陽，白則準備南遊江東，兩人於兗州城東石門分袂，李白有詩贈別。從此再會無期。

以上數次遊歷，既修文，又習武，令青年杜甫胸懷拓展，眼界大開，增長了歷史文化素養，形成壯闊豪邁的氣魄，為其日後創作打下了良好根基。

四、京華十載（35—44歲，天寶五載至十四載，公元746—755年）

天寶五載，杜甫由洛陽至長安，從此，度過整整十年專意求仕，卻失意落拓的歲月。這段期間，他屢遭困躓，飽嚐屈辱、痛苦和生活的艱辛，也逐漸體會到社會的不平，瞭解民生疾苦，並深諳時政的黑暗、腐敗。但面對逆境，其用世之志仍不少衰。正是："亦余心之所善兮，雖九死其猶未悔！"（屈原《離騷》）

（一）抱負：致君堯舜，治平天下。

杜甫素懷大志，亦自視甚高，對家國興衰，生民憂樂，抱有強烈的責任感和崇高的使命感："自謂頗挺出，立登要路津，致君堯舜上，再使風俗淳"（《奉贈韋左丞丈二十二韻》）；"許身一何愚，自比稷與契。……蓋棺事則已，此志常覬豁。窮年憂黎元，嘆息腸內熱"（《自京赴奉先縣詠懷五百字》），便是他真誠、剴切的心聲。

（二）仕途：蹭蹬失意。

詩人雖滿腹才華，卻有志難伸。天寶六載（747），皇帝"詔徵天下士有一藝者，皆得詣京師就選"（元結《諭友》）。甫滿懷希望前往應選，以求進身之階。結果被"口蜜腹劍"的宰相李林甫授意考官全部黜落，卻上表賀"野無遺賢"。經此打擊後，杜甫如夢初醒，方知世路艱難，人心險惡："微生霑忌刻，萬事益酸辛！"（《贈鮮于京兆二十韻》）為求出路，只好賦詩明志，四處投贈達官貴人，望加援手，卻始終無人引薦。萬般無奈下，便在天寶十載（751）四十歲時，將《三大禮賦》投入"延恩匭"，冀博君王一顧，幸終獲玄宗賞識："帝奇之，使待制集賢院。"（《新唐書·杜甫傳》）次年，由學官召試文章："憶獻三賦蓬萊宮，自怪一日聲輝赫。集賢學士如堵牆，觀我落筆中書堂。"（《莫相疑行》）由於被認為"名實相副"，遂得"送隸有司參列選序"（《進封西嶽賦表》），獲得候選任職的資格。但等來等去卻不見下文，遂於十三載（754）再獻《封西嶽賦》；又進《鵰賦》，託鵰鳥以見意，求仕之情更為迫切。直到天寶十四載（755）十月，始授河西尉職（河西縣治在今陝西合陽東）。他不就任，改右衛率府兵曹參軍。杜甫困守長安十年，到處奔走求助，又屢次獻賦自薦，至此才得一"從八品下"、負責掌管驛馬、門禁、儀仗等的微官，這與他奮其智能、"致君堯舜"的初衷相去何等遙遠！然失望、憤懣之餘，亦只能以《官定後戲贈》一詩解嘲而已。同年十一月，赴奉先縣探望妻兒，成《自京赴奉先縣詠懷五百字》。而安祿山已反於范陽（今北京一帶），天下從此多事矣。

（三）生活：貧病潦倒。

由於仕途失意，生活漸陷困境，當年衣食無憂、裘馬清狂的風光日子已不復再。始則"賣藥都市，寄食朋友"（《進三大禮賦表》）；繼而"衣不蓋體"（《進鵰賦表》），甚至到"有儒愁餓死"（《奉贈鮮于京兆二十韻》）的地步。"此意竟蕭條，行歌非隱淪。騎驢三十載，旅食京華春。朝扣富兒門，暮隨肥馬塵，殘杯與冷炙，到處潛悲辛。）（《奉贈韋左丞丈二十二韻》）"長安苦寒誰獨悲？杜陵野老骨欲折。……饑臥動即向一旬，弊衣何啻聯百結。君不見空牆日色晚，此老無聲淚垂血！"（《投簡咸華兩縣諸子》）"瘧癘三秋孰可忍？寒熱百日相交戰。頭白眼暗坐有眯，肉黃皮皺命如線。"（《病後過王倚飲贈歌》）讀這些詩句，便不難想見此公後期在京城貧病交迫、窮愁潦倒的淒涼境況。

（四）交遊：岑參、高適、蘇預、鄭虔等。與鄭虔最稱莫逆。

《壯遊》詩云："快意八、九年，西歸到咸陽。許與必詞伯，賞遊實賢王。"賢王，指汝陽王李璡（玄宗之姪）、漢中王李瑀（璡之弟），他們都頗賞識杜甫的才華，一再招邀遊宴，但終莫能予以實助。詞伯則指岑參、高適、鄭虔等人。

岑參（約715—770），江陵（今屬湖北省）人，天寶三載（744）進士，後隨安西節度使高仙芝赴安西、武威，成為著名的邊塞詩人。天寶末，攝監察御史，任安西、北庭節度判官。肅宗時曾任右補闕，與杜甫同僚。官至嘉州刺史。有《岑嘉州集》。高適於天寶八載（749）舉有道科中第，曾在河西節度使哥舒翰帥府掌書記，亦為著名邊塞詩人。杜甫早年遊齊趙時，於汶上與高適結識，復同遊梁宋，後又與高、岑在長安交遊賦詩，有《同諸公登慈恩寺塔》、《送高三十五書記》、《九日寄岑參》等詩作。鄭虔，鄭州滎陽（今屬河南省）人，長杜甫約二十歲，於天寶九載（750）任國子監廣文館博士，以詩、書、畫三絕馳名；蘇預（源明）則於天寶十三載（754）自東平太守入為國子司業。兩人均為杜甫摯友，所謂"故舊誰憐我，平生鄭與蘇"者是也，於《醉時歌》、《戲簡鄭廣文兼呈蘇司業》諸篇可見他們交情之一斑。

（五）創作：窮而後工。

隨着見聞漸廣，閱歷加深，詩人的洞察力與表現力都大大增強：每能透過表象，一針見血地探入本質；通過個別事象，深刻反映普遍存在的社會問題。風格也從清壯轉向沉鬱。這時期他寫了大量的作品，其中以《春日憶李白》、《奉贈韋左丞丈二十二韻》、前後《出塞》、《兵車行》、《麗人行》、《與諸公登慈恩寺塔》、《醉時歌》、《自京赴奉先縣詠懷五百字》等較具代表性。後者（《詠懷五百字》）更為盛唐帝國迫在眉睫而君臣皆懵然未覺的嚴重社會、政治危機敲響了警鐘。

望　嶽

【題解】

　　這是杜集現存最早的作品之一，寫於"放蕩齊趙間，裘馬頗清狂"（《壯遊》）的青年時代。是詩人矢志要"立登要路"，一飛沖天，在事業上必登峯造極而後已的宣言書。其胸襟、氣魄，於斯可見。

　　嶽，意為高大的山。中國有"五嶽"，此指東嶽泰山。泰山又名泰岱、岱宗、岱嶽，向稱五嶽之首，主峯玉皇頂，海拔1,524米，雄峙今山東省中部，突兀峻偉，上多古迹名勝。

【譯注】

岱宗夫如何[1]？	泰山是怎麼個模樣？
齊魯青未了[2]。	它橫亙於齊魯間，翠色融融，綿延不絕。
造化鍾神秀[3]，	大自然把神異靈秀之氣全集聚於此，
陰陽割昏曉[4]。	山北山南，一暮一朝，截然分為兩半。
盪胸生層雲，	雲氣層層出沒，令人心胸搖盪，
決眥入歸鳥[5]。	窮目極望，直送投林之鳥消失。
會當凌絕頂[6]，	我定要登臨絕頂，
一覽眾山小[7]！	〔俯瞰天下，〕看羣山紛紛變小！

〔1〕 岱（dài代）宗：即泰山。古以為諸山之長，故稱。《尚書·舜典》："東巡守，至于岱宗。"《孔傳》："泰山為四嶽所宗。"夫（fú乎）：語氣助詞。

〔2〕 齊、魯：均古國名，亦地區名。今山東泰山以北黃河流域及膠東半島地區，為戰國時齊地，秦漢後仍沿稱為齊；泰山以南的汶、泗、沂、沭水流域，是春秋時魯地，秦漢後仍稱為魯。未了：未盡。泰山綿延於山東中部今長清、肥城、濟南、泰安之間，長約二百公里。

〔3〕 造化：天地，大自然。鐘：集聚。神秀：神奇秀異。晉·孫綽《遊天台山賦·序》："天台山者，蓋山嶽之神秀者也。……皆玄聖之所遊化，靈仙之所窟宅；夫其峻極之狀，嘉祥之美，窮山海之瓌富，盡人神之壯麗矣！"

〔4〕 陰陽：山北為陰，日光不到，故易昏；山南為陽，日光先臨，故易曉。

〔5〕 決眥（zì字）：形容睜大眼睛，窮極目力。決，裂開。眥，上下眼瞼接合處。曹植《冬獵篇》："張目決眥。"歸鳥：指日暮回巢之鳥。曹植《贈白馬王彪》詩："歸鳥赴喬林。"

〔6〕 會當：表決意、將然之辭。凌：登上；超越。絕頂：山的最高處。

〔7〕 小：活用為動詞。《孟子·盡心》："孔子登東山而小魯，登泰山而小天下。"

【評析】

這首詩圍繞着“望”字着筆。首聯言山體之碩大魁宏，用誇張手法：次聯言其高峻瑰麗，化實為虛（加上想像）：以上從大處着眼刻畫遠望之勢。三聯轉寫“細望”之景，以“雲”、“鳥”相映襯，豐富畫面內容。尾聯推進一層，預想日後登臨之事，令詩境更雄渾，意象更崢嶸。全篇無冗字，無弱句，可見青年詩人超卓的功力，果真是“下筆如有神”！

這是一首仄韻古體詩，但中兩聯用對偶，又帶上近體的韻致。“青”、“鍾”、“割”、“生”、“入”等字雖極意鍛煉，卻無斧鑿痕。再從結構上看，“造化鍾神秀”，“陰陽割昏曉”，都是單純的主謂句；而下一聯兩句卻全由複句合成——因“層雲生”故“盪胸”，為“歸鳥入”而“決眥”：四句句式貌似而實異。所以雖然“詩眼”都落在第三字，也不會予人以呆板、雷同之感。

仇兆鰲說：“少陵以前題詠泰山者，有謝靈運、李白之詩。謝詩八句，上半古秀，而下半卻平淺。李詩六章，中有佳句，而意多重複。此詩遒勁峭刻，可以俯視兩家矣。”（《杜詩詳注》）

房兵曹胡馬

【題解】

這也是詩人胸懷壯志、意氣飛揚時的早期創作。筆勢凌厲，寄興不凡，有“為自己寫照”（浦起龍《讀杜心解》）之意。

兵曹：官名，唐代諸衛府州各有兵曹參軍事。胡馬：泛指胡地的駿馬，即西域或塞北之馬，以矯捷著稱。

【譯注】

胡馬大宛名[1]，	這是大宛出產的良馬，素負盛名。
鋒棱瘦骨成[2]。	牠瘦骨崚嶒，顯得神旺氣勁。
竹批雙耳峻[3]，	兩耳尖峭，狀似竹筒削出，
風入四蹄輕[4]。	四蹄輕快，恍如乘風疾馳。
所向無空闊[5]，	前路無論多麼遼闊曠遠，牠都能隨意超越，
真堪託死生[6]。	臨危之際，真可以性命相託。
驍騰有如此[7]，	身手既是如此驍勇矯捷，
萬里可橫行[8]！	定可橫行萬里，所向無前！

〔1〕 大宛（yuān冤）：漢代西域國名，在今中亞烏茲別克共和

國境。其地盛產良馬。《史記·大宛列傳》:"大宛……多善馬,馬汗血,其先天馬子也。"

〔2〕 鋒稜（léng楞）：鋒刃稜角；形容銳利勁挺。這裏兼指體格與精神兩方面而言。

〔3〕 批：削。峻：高陡,尖峭。賈思勰《齊民要術》:"（馬）耳欲得小而促,狀如斬竹筒。"

〔4〕 《拾遺記》:"（曹洪）其馬號曰白鵠。此馬走時唯覺耳中風聲,足似不踐地,……時人謂乘風而行。"

〔5〕 無空闊：不存在空闊之地。意謂無論如何遼闊曠遠,均可踰越。

〔6〕 堪：足可以。

〔7〕 驍（xiāo囂）騰：勇健迅捷。顏延年《赭白馬賦》:"料武藝,品驍騰。"

〔8〕 橫行：隨意而行,無所禁忌。這裏意謂前程無量。

【評析】

這是一首詠物詩,但結合個人身世抱負來寫,故顯得內涵豐富,情意深厚,特別耐人尋味。

前五句詠馬,以描述為主:首句點明產地,見出身價;二、三句描繪型格體貌;四、五句寫其才具氣質。第六句轉入抒情,表達自己的感受。七、八句以議論總束全篇,既讚美馬匹,復稱頌主人,並且高自期許。

今夕行

【題解】

本詩通過描寫除夕守歲的一次樗蒲博戲，表現自己到長安後的遭際和心境。杜甫自問有歷史上劉毅的豪氣，也冀盼或可獲劉毅般大展鴻材的機遇。從詩中流露的情緒——暫時失意，但並未失望——來看，這應當是到京華後不久之作，約寫於天寶五、六載（746、747）冬，詩人三十五、六歲的時候。

"行"是樂府詩的一體。本篇以首句命題，為杜集中"即事名篇，無復倚傍"（元稹《樂府古題序》）的新樂府詩之第一首。

【譯注】

今夕何夕歲云徂[1]，	今晚是甚麼日子？——是大年除夕。
更長燭明不可孤[2]。	更深夜長，燭光明亮，豈可白白度過。
咸陽客舍一事無[3]，	反正在京華旅寓裏閑着無事，
相與博塞爲歡娛[4]。	於是一起博戲耍樂。
馮陵大叫呼五白[5]，	邊擲骰子，邊興高彩烈地吆五喝六。
袒跣不肯成梟盧[6]。	賭至袒臂赤足，忘乎所以，總是難操勝券。

英雄有時亦如此，	英雄有時也會這樣不得志的，〔又何必灰 心。〕
邂逅豈即非良圖[7]。	覷準偶然機遇，〔一擊而中，〕未必不是好 主意。
君莫笑劉毅從來布衣 願，	你別取笑劉毅胸無遠志，難成大事，
家無儋石輸百萬[8]！	他家中沒有甚麼積蓄，投注卻一擲百萬！

〔1〕 今夕何夕：《詩·唐風·綢繆》：“今夕何夕？見此良
　　人。……今夕何夕？見此邂逅。”歲云徂（cú殂）：一年將
　　盡。蔡夢弼《草堂詩箋》：“言歲除夜也。”云，語助詞，
　　無義。《詩·小雅·小明》：“歲聿云暮。”（按即“歲暮”之
　　意，“聿、云”均助詞。）徂，過去。

〔2〕 孤：通“辜”，言辜負。

〔3〕 咸陽：秦朝首都；此借指唐都長安（今陝西西安市），作
　　者《壯遊》詩：“快意八九年，西歸到咸陽”之咸陽即指長
　　安。又唐有咸陽縣，屬長安京兆府。

〔4〕 博塞（sài賽）：古代六博和格五等博戲。《莊子·駢
　　拇》：“博塞以游。”此泛指賭博，又稱搗蒲。

〔5〕 馮（píng憑）陵：意氣發揚的樣子。五白：古代博戲采名。
　　用五顆骰子，每顆上黑下白，擲得五子皆白，稱為梟
　　（xiāo囂），最勝；五子皆黑，稱為盧，次之。（一說盧最
　　勝，梟次之。）《楚辭·招魂》：“菎蔽象棋，有六簙
　　些，……成梟而牟，呼五白些。”此泛指勝采。

〔6〕 袒（tǎn坦）：脫去上衣，露出身體一部分。跣（xiǎn

冼）：光着腳。梟盧：古代賭博，以擲骰得采決勝負。骰子
共五枚，上黑下白，有梟、盧、雉、犢等采名，以擲得的骰
色決定。"黑者刻二為犢，白者刻二為雉。擲之全黑為盧，二
雉三黑為雉，二犢三白為犢，全白為白。"（《唐國史補》）
白又稱梟。《晉書·劉毅傳》："於東府聚摴蒱大擲，一判應至
數百萬，餘人並黑犢以還，唯劉裕及毅在後。毅次擲得雉，
大喜，褰衣繞牀，叫謂同坐曰：'非不能盧，不事此耳。'裕
惡之，因援五木久之，曰：'老兄試為卿答。'既而四子俱
黑，其一子轉躍未定，裕厲聲喝之，即成盧焉。毅意殊不
快。"

〔7〕 邂逅（xiè hòu 械候）：不期而會。《詩·鄭風·野有蔓
草》："邂逅相遇，適我願兮。"良圖：妥善的計劃，或遠大
的謀略。

〔8〕 劉毅（？—412），東晉彭城沛（今江蘇沛縣）人，小字盤
龍，家貧，好賭，一擲百萬。桓玄篡位，毅與劉裕起義兵討
玄，玄平，以功封南平郡開國公，任荊州刺史，加督交、廣
二州，鎮江陵。後兵敗於劉裕，自縊。《南史·宋本紀上》：
"（桓玄）聞義兵起，甚懼。或曰：'裕等甚弱，陛下何慮之
深？'玄曰：'劉裕足為一世之雄，劉毅家無儋石之儲，摴蒱
一擲百萬，何無忌，劉牢之外甥，酷似其舅，共舉大事，
何謂無成？'"儋（dàn 擔）石：指少量米粟或少量財富。
儋，同"甔"，石甖，一種小口大腹的陶器，可容一石。《草
堂詩箋》："儲無儋石，家至貧也。劉毅家無儋石，一擲百
萬，其志已見於布衣窮時，及後舉大事，無不如志。由此推
之，人之志量其可已耶？"

【評析】

　　此詩前半寫賭博，後半（“英雄”句以下）語帶相關，藉題發揮，大言不慚地表示自己“非池中物”。故王嗣奭《杜臆》説：“此詩真有英雄氣。”浦起龍《讀杜心解》説：“以劉毅自況，英氣自露。”但對末二句的具體理解則多有未當。王嗣奭云：“又妙在結語，謂擲輸百萬，未嘗非英雄也。”仇兆鼇云：“末引劉毅輸錢，以見英雄得失，不係乎此也。”（《杜詩詳注》）都坐實寫劉毅輸錢。其實杜句意出《南史》，只強調其“家無儋石，一擲百萬”之豪氣，以見劉毅微時即豁達大度，“志不在小”而已，非謂果真輸掉巨款也。就如劉邦未發迹時任亭長，給縣令之貴客呂公（即呂后之父）送賀禮，在謁帖上寫“賀錢萬”（其實是空頭支票，“實不持一錢”）一樣，當時蕭何也是説他“多大言，少成事”的（見《史記·高祖本紀》），然其志意實未可小覷。

奉贈韋左丞丈二十二韻

【題解】

　　這是作者把自己的整個政治理想和生平抱負首次明確、具體地披瀝於人前。詩寫於天寶七載（748）。去年，玄宗下詔，令天下凡有一藝之長的人到長安應制科考試，結果由於權相李林甫搗鬼，應試者竟無一人及第，而李氏反向皇帝表賀“野無遺賢”。這次打擊粉碎了杜甫“立登要津”的美夢，而且令其生活迅速走下坡，並陷於困境，從此噩夢纏身，進入艱難旅食、貧病交迫的時期。出於無奈，詩人只好四處奔走，夤緣求助。這首詩，便是向一位賞識他才華的高官陳情，望加薦引之作，而最後則表示，若仕進無望，便要離京歸隱，遁迹江湖了。

　　韋左丞丈：即韋濟，當時由河南尹升任尚書左丞；丈，對長輩的尊稱。《唐六典》：“尚書省左丞一人，正四品上。”

【譯注】

紈袴不餓死[1]，	紈袴子弟飽食終日，生活無憂，
儒冠多誤身[2]。	懷才抱德的讀書人卻大多不得志。
丈人試靜聽，	老先生您請靜心聆聽，
賤子請具陳[3]。	讓在下把情況一一道來。

甫昔少年日,	我杜甫昔日少年時,
早充觀國賓[4]。	早已由鄉貢參加進士考試。
讀書破萬卷[5],	飽讀且參透萬卷詩書,
下筆如有神。	下筆之際,如有神助。
賦料揚雄敵[6],	作賦自問可與揚雄匹敵,
詩看子建親[7]。	寫詩也堪和曹植比美。
李邕求識面[8],	李邕主動造訪和我相識,
王翰願卜鄰[9]。	王翰表示願結芳鄰。
自謂頗挺出[10],	自己以為相當傑出,
立登要路津[11],	很容易便會得據要津,
致君堯舜上[12],	輔佐君王使成堯舜之治,
再使風俗淳[13]。	令天下風俗返樸還淳。
此意竟蕭條[14],	但這一抱負竟然落空,
行歌非隱淪[15]。	我歌吟於道,而不甘為隱逸。
騎驢三十載[16],	數十年來,都是騎驢來往,
旅食京華春[17]。	現在又寄食於京師長安。
朝扣富兒門,	早上敲響富家子的門戶,
暮隨肥馬塵[18],	傍晚又跟隨貴人肥馬的後塵,
殘杯與冷炙,	"款待"我的,到處都是殘羹剩酒,
到處潛悲辛。	滿腔悲苦,只往肚裏吞。
主上頃見徵[19],	皇上不久前詔徵賢才赴試,
欻然欲求伸[20]。	我便想趁機一展抱負。
青冥卻垂翅[21],	豈料折翼青霄,無法騰飛,
蹭蹬無縱鱗[22]。	又如魚兒委頓,難以縱身暢游。
甚愧丈人厚,	得蒙前輩厚愛,我甚感慚愧,

22

甚知丈人真，	也深知這是出自您一片真情。
每於百僚上，	承蒙您常在百官面前，
猥誦佳句新[23]。	吟誦、稱讚我新作的詩句。
竊效貢公喜[24]，	我像貢禹般為您得位而高興，
難甘原憲貧[25]。	實難忍受如原憲那樣徹骨清貧。
焉能心怏怏[26]，	怎能總是心中不忿地，
祇是走踆踆[27]？	走來走去，進退失據？
今欲東入海[28]，	現在我打算東行入海，
即將西去秦[29]。	即將離開這西面的長安。
尚憐終南山[30]，	但回頭一看，對終南山
回首清渭濱[31]。	和渭水，終覺戀戀難捨。
常擬報一飯[32]，	您的知遇之恩，我常思圖報，
況懷辭大臣[33]。	何況在這即將辭別的時候。
白鷗沒浩蕩[34]，	從此，我將如白鷗滅沒於浩瀚的煙波中，
萬里誰能馴！	翔翔萬里，誰也拘管不了。

〔1〕 紈（wán完）袴（kù庫）：華美的衣着；指代富貴家子弟。紈，細絹。袴，即"褲"。

〔2〕 儒冠：指代儒者。杜甫《進鵰賦表》："自先君恕、預以降，奉儒守官，未墜素業。"王嗣奭《杜臆》云："'儒冠誤身'，乃通篇之主，'紈袴'句特伴語耳。"

〔3〕 賤子：自稱的謙詞。鮑照《代東武吟》："主人且勿喧，賤子歌一言。"

以上四句為第一段，總括題旨，引起下文。

〔4〕 觀國賓：觀國家之光的君王之賓客；此指應進士試的人。

23

《周易・觀・六四》："觀國之光，利用賓于王。"若筮得此爻，則利於作君王之賓客，故朱熹注："利于朝覲仕進也。"作者於開元二十三年（735）二十四歲時曾在東都洛陽參加進士考試，但落第。

〔5〕 破萬卷：形容博覽羣書，反覆披讀，並參透其精義。其意比"韋編三絕"要更進一層。

〔6〕 揚雄（公元前53—18年）：西漢文學家、哲學家，曾作《甘泉》、《長楊》等賦，盛稱一時。

〔7〕 子建：曹植（192—232）的字，三國時魏國大詩人，曹操之子。親：相近。

〔8〕 李邕（678—747）：唐代著名文學家、書法家，杜甫的前輩。《新唐書・杜甫傳》："子美少貧，……李邕奇其材，先往見之。"

〔9〕 王翰：字子羽，晉陽（今山西太原）人，景雲進士，開元中任秘書正字等職，為盛唐名詩人，所作《涼州曲》（葡萄美酒夜光杯）尤膾炙人口。卜鄰：擇鄰。

〔10〕 挺出：傑出，突出。《三國志・蜀書・呂凱傳》："諸葛丞相英才挺出。"

〔11〕 要路津：比喻顯要的職位。津，渡口。古詩："何不策高足，先據要路津？"

〔12〕 應璩《與弟書》："伊尹……思致君於唐虞，濟斯民於塗炭。"致，使達至。唐、虞，即堯、舜。

〔13〕 淳：淳樸，淳厚。杜甫《華州試進士策問》："驅蒼生於仁壽之域，反淳樸於羲皇之上。"與此句意略同。

以上十二句為第二段，表白自己的才華、志向、抱負。也就是"儒冠"事業。

24

〔14〕 蕭條：冷落、寂寥。

〔15〕 行歌：隱桀《詩・魏風・園有桃》句意：“心之憂矣，我歌且謠。……心之憂矣，聊以行國。”隱淪：隱逸之士。嵇康詩：“尋山洽隱淪。”

〔16〕 騎驢：指代貧寒的布衣身分。《後漢書・獨行傳》：“向栩或騎驢入市，乞丐於人。”杜甫《示從孫濟》詩：“平明跨驢出，未知適誰門。”三十載：仇注認為應作“十三載”：“公兩至長安，初自開元二十三年赴京兆之貢，後以應詔到京，在天寶六載，為十三載也。他本作‘三十載’，斷誤。”説得極其肯定。今人多從之。但其實開元二十三年進士試在洛陽，不在長安，此其一，第二，杜甫初至長安在天寶五載（應詔赴試固為六載），所以，以長安計，説他“騎驢十三載”，實無着落（既沒有十三年中兩至長安的事實，也非呆在長安十三年）。倒不如把“三十”視為虛數或約數，強調數十年（時杜甫三十七歲）仍未得一官半職，似更為恰當。蓋“騎驢”與下句“旅食”是兩層意思：“騎驢”總束以往，指“蕭條”“行歌”之長久；“旅食”則起下，寫目前在京華的境況。

〔17〕 旅食：旅居謀生。鍾繇表文：“旅食許下。”

〔18〕 肥馬：指達官貴人的坐騎。

〔19〕 見徵：指天寶六載“詔天下有一藝詣轂下”之事。

〔20〕 欻（xū戌）：迅速，一下子。

〔21〕 青冥（míng名）：青天。垂翅：耷拉着翅膀。王通《東征賦》：“道之不行兮垂翅東歸。”

〔22〕 蹭蹬（cèng dèng）：困頓失勢。木華《海賦》：“蹭蹬窮波。”鱗：指代魚。王褒《聖主得賢臣頌》：“沛乎若巨魚之縱大壑。”

25

以上十二句為第三段，訴説"儒冠"如何"誤身"。

〔23〕 猥（wěi委）：謙詞。有"承蒙"之意。

〔24〕 貢公喜：貢公，西漢人貢禹，與王吉（字子陽）為好友，世
稱"王陽在位，貢公彈冠"（《漢書·王吉傳》），是因為後
者可一心等待被薦引出仕。劉峻《廣絕交論》："王陽登而貢
公喜。"這裏杜甫以貢禹自比，委婉地向韋濟表示，希望他
能向朝廷舉薦自己。在另一首《贈韋左丞丈濟》詩中，作者
已較明確地表示過同樣的意思。

〔25〕 原憲：孔子弟子，以安貧樂道著稱。《莊子·讓王》："原憲華
冠縱履，杖藜而應門。子貢曰：'嘻，先生何病？'原憲應之
曰：'憲聞之，無財謂之貧，學而不能行謂之病。今憲貧也，
非病也。'子貢逡巡而有愧色。"這裏指自己求仕未遂，生
活陷於困境，無法安居，故難甘其貧。

〔26〕 怏怏（yàngyàng樣樣）：不服氣、不滿意的樣子。《後漢
書·孟寵傳》："愈怏怏不得志。"

〔27〕 踆踆（qūnqūn逡逡）：行走的樣子。《文選·張衡〈西京
賦〉》："怪獸陸梁，大雀踆踆。"劉良注："陸梁、踆踆，皆
行走貌。"

〔28〕 入海：《論語·公冶長》："子曰：道不行，乘桴浮於海。"又
《莊子·列禦寇》："石戶之農攜子入於海，終身不返。"皆有
退隱之意。

〔29〕 去秦：指離開長安。活用李斯《諫逐客書》意："使天下之
士，退而不敢西向，裹足不入秦。"

〔30〕 憐：愛戀。終南山：在長安南面五十里，為秦嶺山脈的主峯。

〔31〕 清渭：指渭水，在長安北五十里，因水較清澄，故稱。潘岳

《西征賦》：“北有清渭濁涇。”

〔32〕　報一飯：報答一飯之恩。《後漢書·李固傳》：“竊感古人一飯
之報。”

〔33〕　大臣：指韋濟。

〔34〕　《焦氏易林》：“鳧遊江海，沒行千里。”按，杜甫寫此詩
後，次年曾返洛陽一行，但為時不久，即再回長安，並沒有
向現實低頭，避世求隱。

以上十六句為末段，感謝韋濟知遇之恩，並望其薦拔；在失意離去
前，致遲迴繾綣之思。

【評析】

　　韋濟是頗賞識杜甫才華的一位官員，早在河南尹任上，便
曾多次降貴紆尊，親臨杜甫於河南偃師的鄉居登門造訪，遷尚
書左丞後，又在眾官宴集時，一再吟誦杜甫的佳作，以示推
介，故詩人十分感激，視之為文章知己，於短短一年間，先後
寫了三首長詩相贈。前兩首（《奉寄河南韋尹丈人》、《贈韋左
丞丈濟》）都是五言排律，典雅穩切，甚見功力；唯這首是古
體，委曲詳盡，以情辭懇摯見長，令人如見其肝膈肺腑。尤難
得的是，坦誠中而不失身分，這正是作者對自我存在價值具充
分自信的表現，故歷來獲得一致好評。如董養性說：“篇中皆陳
情告訴之語，而無干望請謁之私，詞氣磊落，傲睨宇宙，可見
公雖困躓之中，英鋒俊彩，未嘗少挫也。”（仇兆鰲《杜詩詳注》
引。）王嗣奭言：“通首直抒隱衷，如寫尺牘，而縱橫轉折，感
憤悲壯之氣溢於行間，繾綣躊躕，曲盡其妙。”（《杜臆》）朱

鶴齡說：“有去國之思，猶未忍決去，以眷眷大臣也。然去志終不可回，當如白鷗之遠。意最委折，而意非乞憐。應與昌黎《上宰相書》同讀。”（《杜詩輯注》）浦起龍更認為“一結高絕，昌黎不及”（《讀杜心解》）。

不過，作者於詩末雖表示了要飄然遠引，遁迹江湖之意，但最終並無付諸實行，其原因，在《自京赴奉先縣詠懷五百字》中有很清楚的解釋：“非無江海志，瀟灑送日月，生逢堯舜君，不忍便永訣。……葵藿傾太陽，物性固難奪！”杜甫，畢竟是杜甫。

貧交行

【譯注】

翻手作雲覆手雨，	翻手為雲，覆手為雨，
紛紛輕薄何須數[1]。	這樣的輕薄子多的是，又何必細數。
君不見管鮑貧時交[2]，	你們沒看見嗎，像管仲、鮑叔〔那樣千古傳頌〕的貧賤之交，
此道今人棄如土[3]！	卻被今天的人視為"老套"，棄之如糞土！

〔1〕 輕薄：指輕佻浮薄的人。荀悅《漢紀·武帝紀三》："江淮間多輕薄，妄以妖言諛安。"

〔2〕 管鮑：春秋時，齊人管仲與鮑叔牙相識於微時，"鮑叔知其賢。管仲貧困，常欺鮑叔，鮑叔終善遇之，不以為言"，後更力薦幽囚中的管仲出任齊相，助齊桓公成霸業。故管仲說："生我者父母，知我者鮑子也！"（見《史記·管晏列傳》。）

〔3〕 此道：指管鮑相交之道，即兩人交情所體現的道義準則。

【評析】

仇兆鰲《杜詩詳注》引王嗣奭《杜臆》説：“作‘行’止此四句，語短而恨長，亦唐人所絕少者。”（今本《杜臆》無。）

此詩觀今鑑古，對比鮮明，蘊含着作者留滯京華期間因備受冷落、背棄、侮慢而生的種種痛切感受。短短四句，涵容甚廣，誠所謂“行於所當行，止於所不得不止”者也。今傳本《杜臆》認為：“此詩必有為而發。‘行’止四句，恐非全文。”（中華書局排印本，卷一，18頁，1963年。）其前言（“有為而發”）自屬允當，後語（“恐非全文”）則非是。

本詩首句已凝縮為“翻雲覆雨”的成語，比喻反覆無常或慣於玩弄權術。朱鶴齡《杜詩輯注》説：“一翻覆之間，雲雨已判。極歎交道之不可久也。太白云：‘前門長揖後門關。’公（按，指杜甫）詩云：‘當面輸心背面笑。’與此同慨。”

前出塞九首（其六）

【題解】

　　這是杜集中唯一沿用傳統舊題的樂府詩。據《晉書・樂志》載：李延年因胡曲造新聲，“有《出塞》、《入塞》”，屬漢樂府橫吹曲。杜甫以“出塞”為題寫過兩組詩，先作九首，名《前出塞》，後作五首，名《後出塞》，均藉古題寫時事，譏刺玄宗之窮兵黷武，好大喜功，故將帥輕啟邊釁，頻頻發動不義征戰，令百姓蒙受深重的苦難。朱鶴齡《杜詩輯注》道：“天寶末，哥舒翰貪功於吐蕃，安祿山構禍於契丹，於是徵調半天下。《前出塞》為哥舒發，《後出塞》為祿山發。”

　　下面是《前出塞》中的第六首。約作於天寶十一載（752）時。以一位從征戰士的口吻，寫出其眼前所見與心中所感，義正詞嚴地譴責當權者的對外政策，詞淺而慨深。

【譯注】

挽弓當挽強[1]，	拉弓要拉硬弩強弓，
用箭當用長[2]；	用箭要用大桿長箭；
射人先射馬，	射人必先射其坐騎，
擒賊先擒王[3]。	擒賊必先擒其首領。

殺人亦有限,	殺人終應有個限度,
立國自有疆[4]。	立國各有自己疆界。
苟能制侵陵[5],	如果能有效遏止侵略,
豈在多殺傷？	又何必要大肆殺傷呢？

〔1〕 強：指硬弓。硬弓才能射遠。

〔2〕 長：唐代喜用大桿長箭。杜甫《丹青引》："猛將腰間大羽箭。"

〔3〕 《射經·辨的》："射人先射馬，擒賊先擒頭。"句意與此相仿。

〔4〕 立：一作"列"。

〔5〕 侵陵：侵犯，侵略。

【評析】

前四句為歌謠體，用引喻法，突出"擒賊擒王"的主題，由此再生發出後四句，指出不應妄啟邊釁，貪功務得，濫殺無辜。王嗣奭《杜臆》說："他人有前四句，必無後四句；兼此八句，方是仁者無敵之師。"

仇兆鼇引黃生道："戰陣多殺傷，始自秦人，蓋以首級論功，前代無是也。至出塞之舉，則始於漢武帝，當時衛、霍雖屢勝，然士卒大半物故矣。明皇不恤其民，而遠慕秦皇、漢武，此詩託諷良深。"（《杜詩詳注》）比如哥舒翰於天寶八載攻拔吐蕃石堡城之役，即損兵數萬。正所謂"一將功成萬骨枯"者，誠堪浩歎！

又，仇注引張綖曰：“李杜二公齊名，李集中多古樂府之作，而杜公絕無〔古〕樂府，惟此前後《出塞》數首耳。然又別出一格，用古體寫今事。大家機軸，不主故常，昔人稱‘詩史’者以此。”

官定後戲贈

【題解】

原注：“時免河西尉，為右衛率府參軍。”杜甫一再獻賦自薦，到天寶十四載（755）十月，終被授以河西尉職（河西縣治今陝西合陽東）。縣尉是縣令的屬吏，主理地方治安，官階“從九品”，甚低微。要“為五斗米折腰”，他實在不情願，故杜甫推辭不幹。結果改為從八品下的右衛率府兵曹參軍。這是掌管門禁、驛馬、儀仗等事務的閒職，且任所就在長安，所以他勉強接受了。這首詩便是官定後贈給自己的解嘲之作，故云“戲贈”。晚唐人“自貽”、“自贈”的題目，蓋導源於此（仇注引《杜臆》說）。

【譯注】

不作河西尉，	我不當河西縣尉，
淒涼為折腰[1]。	是免得要瞧人臉色，供人役使。
老夫怕趨走[2]，	我老頭子怕奔走跑腿，
率府且逍遙[3]。	在率府樂得逍遙自在。
耽酒須微祿[4]，	些微俸祿，正好作經常喝酒的使費，
狂歌託聖朝。	讓我能縱吟狂歌，託庇於聖明的朝代。

故山歸興盡[5]，　　　　還鄉的念頭業已打消，
回首向風飆[6]。　　　　回頭一望，不禁臨風愴然。

〔1〕　折腰：《晉書・陶潛傳》："吾不能為五斗米，折腰拳拳事鄉
　　　　里小兒。"

〔2〕　老夫：時作者才四十四歲，但因貧病折磨，已顯老態。（杜
　　　　甫《病後過王倚飲贈歌》："頭白眼暗坐有胝，肉黃皮皺命
　　　　如線。"）趨走：往來奔走。趨，疾行；奔跑。《列子・周
　　　　穆王》："昔昔夢為人僕，趨走作役，無不為也。"

〔3〕　率府：指"太子左右衛率府"。太子左右衛為太子的衛
　　　　戍、儀仗部隊，其率府置有倉、兵、胄三曹參軍。

〔4〕　耽（dān眈）酒：沉迷於喝酒。這裏暗用阮籍的典故。《晉
　　　　書・阮籍傳》載：籍志氣宏放，任性不羈，嗜酒能文，本
　　　　有濟世志，唯時局多故，遂酣飲為常，"聞步兵廚營人善
　　　　釀，有貯酒三百斛，乃求為步兵校尉"。

〔5〕　故山：故鄉：這裏指洛陽。杜甫前此有《奉留贈集賢院崔
　　　　（國輔）于（休烈）二學士》詩云："故山多藥物，勝概憶
　　　　桃源。欲整還鄉斾，長懷禁掖垣。……"便透露了打算歸鄉
　　　　之念。

〔6〕　飆（biāo標）：暴風。《杜臆》："初本欲歸，今得微祿，歸
　　　　興遂盡，甘回首以向風飆耳。曰‘向風飆’，知率府亦非
　　　　所欲，為貧而仕，不得已也，不平之意，具在言外。"

【評析】

　　一、二、三句解釋自己何以辭免"河西尉"職，四、五、六句則説明受任"為右衞率府兵曹"的緣由；前六句一氣貫注。至尾聯宕開，以回首故山作結。全詩充滿"人在江湖，身不由己"的無可奈何的感喟。

　　仇兆鼇説："公辭尉而就率府，蓋取逍遙自在得以飲酒狂歌耳，然亦不得已而為此，故有'回首故山'之慨。"（《杜詩詳注》）較好地概括了本詩的内容。

自京赴奉先縣詠懷五百字

　　這是一篇內涵極其豐富的史詩式作品。作者通過探家歷程的見聞和感受，表達了理想與現實的矛盾，深刻暴露驕奢淫佚的統治者歌舞昇平下隱藏着的嚴重的社會政治危機，揭示了安史之亂的根源。詩人為盛唐社稷行將走向衰亂、崩潰，並為廣大百姓和自己家庭所遭苦難而唏噓歎息，感慨萬千。

　　奉先縣，即今陝西蒲城縣。天寶十三載（754）夏天，杜甫把家屬從洛陽遷至長安，同年冬，因饑荒乏食，遂攜家安置奉先縣。次年（天寶十四載，755）冬，杜甫由長安經驪山往奉先探家，觸目愴懷，百感填胸，遂有此作。時安祿山已反於范陽，但消息仍未傳至京師。

【譯注】

杜陵有布衣[1]，	杜陵有我這樣一個窮老百姓，
老大意轉拙[2]，	年紀越大，越是不通世事，
許身一何愚[3]，	對自己期望甚高，真是愚不可及，
竊比稷與契[4]。	一心要和稷、契相比。
居然成濩落[5]，	結果竟落得一事無成，

白首甘契闊[6]。	頭髮都白了，仍甘受勞苦。
蓋棺事則已[7]，	如果一死便萬事皆休，
此志常覬豁[8]。	否則，總望能實現自己的抱負。
窮年憂黎元[9]，	終年為百姓處境耽憂，
歎息腸內熱。	長吁短歎，滿腔情熱。
取笑同學翁，	儘管見笑於同學諸公，
浩歌彌激烈[10]。	我越慷慨歌吟，感情激切。
非無江海志，	並非沒有隱遁江海、
蕭灑送日月，	逍遙度日的念頭，
生逢堯舜君，	但生逢堯舜般的聖君，
不忍便永訣；	不忍心就此長辭永別；
當今廊廟具[11]，	現在朝廷有的是棟樑之臣，
構廈豈云缺[12]？	要成就大業，難道欠缺人材？
葵藿傾太陽[13]，	我不過如葵藿向陽似的，
物性固難奪[14]！	本性如此，實難改變！
顧惟螻蟻輩[15]，	想來，我只算螻蛄、螞蟻之流，
但自求其穴；	只配營求一己的安樂窩；
胡為慕大鯨[16]，	為甚麼要羨慕、效法巨鯨，
輒擬偃溟渤[17]？	總是打算棲息於大海？
以茲誤生理[18]，	我因此而耽誤了生計，
獨恥事干謁[19]，	偏又恥於向權門覥顏求託，
兀兀遂至今[20]，	於是，一直窮苦勞碌到如今，
忍為塵埃沒[21]！	被塵土埋沒，實心有不甘！
終愧巢與由[22]，	與巢父、許由相比，我終覺慚愧，
未能易其節[23]。	但不能改變自己的志節。

沉飲聊自遣，　　　　　姑且盡情喝酒，自我開解，
放歌破愁絕。　　　　　放聲高歌，破除極度的憂愁。

〔1〕 杜陵：長安東南地名，漢宣帝陵墓所在。杜甫祖籍杜陵，
　　　當時又居於杜陵附近的少陵，故自稱“杜陵布衣”。布
　　　衣：平民百姓。作者當時雖已任兵曹參軍，但官微俸薄，
　　　有等於無。

〔2〕 意：思想，念頭。拙：迂笨。

〔3〕 一何：多麼。

〔4〕 竊：私下。稷（jì寂）、契（xiè屑）：均傳説中的古代賢
　　　臣。稷為堯時農官，教民種植五穀。《孟子·離婁下》：“稷
　　　思天下有饑者，由己饑之也。”契為舜時司徒，掌管教化。

〔5〕 居然：竟然。濩（hùo獲）落：同“瓠落”，空大無所容
　　　的樣子。出《莊子·逍遥遊》：“剖之以為瓢，則瓠落無所
　　　容。”

〔6〕 契（qì氣）闊：勤苦。《詩·邶風·擊鼓》：“死生契闊。”

〔7〕 蓋棺：指代死亡。《韓詩外傳》：“孔子曰：‘故學而不已，蓋
　　　棺乃止。’”

〔8〕 覬（jì既）：希求。豁（huò獲）：通達；實現。

〔9〕 窮年：整年。黎元：百姓。《漢書·谷永傳》：“使天下黎元
　　　咸安家樂業。”

〔10〕 浩歌：慷慨高歌。彌：更。

〔11〕 廊廟具：國家的棟樑之材。廊廟，朝廷。

〔12〕 構廈：營建大廈。比喻成就大業。

〔13〕 葵藿：冬葵和荳葉，兩種蔬菜，性均向陽。曹植《求通親

親表》:"若葵藿之傾葉,太陽雖不為之回光,然終向之者,誠也。"

〔14〕 奪:強行改變。

〔15〕 顧:回視,自省。惟:只是。杜甫《寄題江外草堂》:"顧惟魯鈍姿,豈識悔吝先。"螻蟻:比喻位微力弱,無足輕重之人。《後漢書·班固傳》:"固幸得生於清明之世,……私以螻螘(同蟻),窺覿國政。"

〔16〕 鯨:大魚。木華《海賦》:"其魚則橫海之鯨。"

〔17〕 輒(zhé輒):總是。偃(yǎn演):臥倒,棲止。溟(míng明)渤:大海。

〔18〕 茲:此,這。誤:一作悟。生理:生計。

〔19〕 干謁(yè咽):向有勢力者請見求託。干,請求;謁,拜見。

〔20〕 兀兀(wùwù杌杌):孤獨而勤苦的樣子。韓愈《進學解》:"恒兀兀以窮年。"

〔21〕 忍:豈忍,怎甘心。

〔22〕 巢、由:巢父、許由,傳説中兩位上古高士,以隱居避世,甚至鄙薄帝王見稱。阮籍《詠懷》詩:"巢由抗高節。"

〔23〕 其:此作反身代詞,指代作者自己。

以上三十二句為第一段,自述民胞物與、憂念蒼生的襟懷以及矢志不渝、以身許國的抱負。

歲暮百草零,	年近歲晚,百草凋零,
疾風高岡裂。	疾風勁吹,高岡欲裂。
天衢陰崢嶸[24],	寒氣四塞,天宇陰森,
客子中夜發。	我這旅人在半夜裏動身。

40

霜嚴衣帶斷，	遍地嚴霜，衣帶都斷裂了，
指直不得結。	僵直的手指卻無法把它結好。
凌晨過驪山[25]，	凌晨路經驪山，
御榻在嵽嵲[26]。	皇帝正在高高山上下榻。
蚩尤塞寒空[27]，	寒空裏大霧瀰漫，
蹴踏崖谷滑[28]。	在崖谷間行進，真是一步一滑。
瑤池氣鬱律[29]，	温泉暖氣蒸騰，
羽林相摩戞[30]，	近衛軍四周密佈，
君臣留歡娛，	君臣共聚尋歡，
樂動殷膠葛[31]。	奏樂聲響徹曠野。
賜浴皆長纓[32]，	賜浴温泉的都是顯宦高官，
與宴非短褐[33]。	參預宴會的皆非平民百姓。
彤庭所分帛[34]，	朝廷頒賜的絹帛，
本自寒女出，	本來由貧家婦女織成，
鞭撻其夫家，	官吏鞭打她們的丈夫，
聚斂貢城闕[35]。	搜刮她們的產品，集中進貢到京城。
聖人筐篚恩[36]，	皇上賞賜幣帛表示恩寵，
實欲邦國活[37]，	原意是想〔勉勵羣臣輸忠效誠，令〕國家繁榮昌盛，
臣如忽至理[38]，	大臣如忽視了這根本道理，
君豈棄此物？	君主豈不是虛費了這些恩物？
多士盈朝廷[39]，	滿朝的文武官員，
仁者宜戰慄！	有仁德的應當肅然自警！
況聞內金盤[40]，	何況更聽説大內的珍寶，
盡在衛霍室[41]。	全數都歸外戚家所有。

中堂有神仙，	他們廳堂裏有神仙般的美女，
煙霧蒙玉質[42]。	玉骨冰肌，披着輕煙似的薄紗。
暖客貂鼠裘，	用貂鼠裘給貴賓取暖，
悲管逐清瑟[43]；	絲竹和鳴奏出美妙清音：
勸客駝蹄羹，	用駝蹄羹請客人品嚐，
霜橙壓香橘。	席上還擺滿甜橙和香橘。
朱門酒肉臭[44]，	富貴人家酒肉多得變質發臭，
路有凍死骨！	路旁卻有凍死者的骸骨！
榮枯咫尺異[45]，	富盛貧衰，咫尺間有天淵之別，
惆悵難再述。	我難過得不能再説下去。

〔24〕 天衢（qú瞿）：天街，指天空。崢嶸：山高峻的樣子；這
裏形容密雲低壓，寒氣逼人之狀。

〔25〕 驪山：又名藍田山，在今陝西臨潼縣東南，上有溫泉、華
清宮等。《雍錄》載：此處秦、漢、隋、唐皆常遊幸，惟玄
宗特侈，蓋即山建立百司庶府，各有寓止。於十月往，至
歲盡乃還宮。又緣楊妃之故，其奢蕩益著。

〔26〕 御榻：御牀。嶙峋（diéniè喋聶）：山高峻的樣子。按：
時玄宗正攜同楊貴妃等在山上避寒宴樂。

〔27〕 蚩（chī嗤）尤：指濃霧。傳說蚩尤與黃帝戰於涿鹿之野，
作大霧，令黃帝軍隊昏頭轉向（見《史記·五帝本紀》）。
故此以蚩尤代大霧。

〔28〕 蹴（cù簇）：踢，踏。

〔29〕 瑤池：神話傳說中西王母宴遊之處；這裏比喻溫泉。鬱
律：暖氣蒸騰的樣子。

〔30〕 羽林：皇家禁衛軍。唐代禁衛軍分為左右神策、左右羽林、左右龍武等六軍。《漢書·百官公卿表》顏師古注："羽林亦宿衛之官，言其如羽之疾，如林之多也。"摩戛（jiá 夾）：摩擦碰擊。

〔31〕 殷（yīn 因）：盛大。《周易·豫》："先王以作樂崇德，殷薦之上帝。"王弼注："用此殷盛之樂薦祭上帝也。"膠葛：廣大曠遠的樣子。司馬相如《上林賦》："張樂乎膠葛之寓。"郭璞注："言曠遠深貌也。"

〔32〕 賜浴：《明皇雜錄》：上嘗於華清宮中"置長湯屋數十間"，賜從臣浴。長纓：冠帶子；這裏指代達官貴人。

〔33〕 褐（hè 喝）：粗麻布衣，貧賤者所穿。

〔34〕 彤（tóng 同）庭：宮廷。彤，紅色。古代宮殿多以朱漆塗飾，故稱。班固《西京賦》："玉階彤庭。"分帛：宋之問詩："賜金分帛奉恩輝。"《資治通鑑》載：天寶年間，"上以國用豐衍，故視金帛如糞壤，賞賜貴寵之家，無有限極"。帛，泛指絲織品。

〔35〕 城闕（què 闕）：指京城。闕，宮門前兩邊的望樓。

〔36〕 聖人：對皇帝的稱呼。《資治通鑑》注："唐人稱天子皆曰聖人。"筐筐（fěi 匪）：均盛物的竹器。上古帝王在宴會時以筐筐盛幣帛分賜臣下。《詩·小雅·鹿鳴》："吹笙鼓簧，承筐是將。"《毛傳》："筐，筐屬，所以行幣帛也。"這裏"筐筐"指代帝王的賞賜。

〔37〕 活：生存，發展。孫楚《與孫皓書》："愛民活國，道家所尚。"杜甫《北征》："於今國猶活。"

〔38〕 至理：根本的道理。

〔39〕 多士：指眾大臣。《詩·大雅·文王》：「濟濟多士，文王以寧。」

〔40〕 金盤：指代珍寶器玩。

〔41〕 衛、霍：衛青與霍去病，均漢武帝時名將，也是帝室外戚。此取其後一義，喻楊氏兄弟姊妹。

〔42〕 玉質：猶玉體。張衡《舞賦》：「粉黛施兮玉質粲。」

〔43〕 悲管、清瑟：管弦樂器。悲、清，形容樂音之美。

〔44〕 朱門：指富貴之家，宅第大門多以紅漆塗飾，故稱。郭璞《遊仙詩》：「朱門何足榮。」按：《藝文類聚》引王孫子《新書》：「今君廚肉臭而不可食，罇酒敗而不可飲，而三軍之士皆有饑色。」《三國志·魏志·袁術傳》：「後宮數百，皆服綺縠，餘粱肉，而士卒凍餒，江淮間盡空。」句意當由此化出，而包容廣大，對比鮮明，文字簡括，顯得更深刻沉痛。

〔45〕 榮：指富貴者之驕侈揮霍。枯：指貧寒者之慘怛衰亡。咫（zhǐ只）尺：形容距離極近。咫，周尺八寸。

以上三十八句為第二段，寫出道經驪山的見聞和感受，對玄宗君臣之醉生夢死，驕奢淫佚，橫徵暴斂，虐害百姓，而造成貴賤貧富極度懸殊的嚴重社會矛盾，表示深沉的憂憤。

北轅就涇渭[46]，　　　車子北行，接近涇水、渭水，

官渡又改轍[47]。　　　過渡之後，又改道前進。

羣冰從西下[48]，　　　眾多浮冰從西面順流而下，

極目高崒兀[49]，　　　放眼望去，嶙峋如高峯，

疑是崆峒來[50]，　　　令人懷疑是崆峒山隨波而來，

恐觸天柱折[51]。　　　生怕會把天柱也碰斷了。

河梁幸未坼[52]，　　　橋樑幸好還未被沖毀，

枝撑聲窸窣[53]。	橋柱發出吱吱呀呀的響聲。
行旅相攀援[54],	行人互相牽拉、攙扶着,
川廣不可越[55]。	河面寬闊,實在難以踰越。
老妻寄異縣[56],	我老妻寄居在他鄉外縣,
十口隔風雪,	全家十口人被風雪阻隔,
誰能久不顧?	誰能長久不顧妻室兒女?
庶往共饑渴[57]。	希望前去與他們同甘共苦。
入門聞號咷[58],	一進門聽見號哭之聲,
幼子饑已卒!	小兒子已活活餓死了!
吾寧捨一哀[59]?	我怎能強忍這極度悲哀?
里巷亦嗚咽。	連街坊鄰里也傷心流淚。
所愧爲人父,	最感慚愧的是爲人父親,
無食致夭折[60]。	卻令兒女小小年紀,活活餓死。
豈知秋禾登[61],	誰料到秋穀登場,
貧窶有倉卒[62]。	窮人家也會突然發生這種不幸。
生常免租稅[63],	我生來可免繳租稅,
名不隸征伐,	名字也不屬須徵兵服役之列,
撫迹猶酸辛[64],	看看自己遭遇也如此悲酸,
平人固騷屑[65]。	平民的困苦不安自然更不用說。
默思失業徒[66],	於是,我不禁想到失去土地產業的流民,
因念遠戍卒,	又想起離家遠戍邊疆的士兵,
憂端齊終南[67],	我的愁緒像終南山一般高,
澒洞不可掇[68]!	洶湧澎湃,無法抑止得了!

〔46〕 轅(yuán袁):車前駕牲畜的部分。這裏借代車子。就:

動詞。靠近。涇（jīng經）、渭：二水名，均發源於甘肅，流入陝西，於昭應（今臨潼）縣滙合，仍為渭水，再東注入黃河。杜甫由長安出發東行，經驪山，北向昭應，至涇渭合流處，過河後，再折往東北奉先。故下文有"改轍"之句。

〔47〕 官渡：官家設的渡口。改轍：〔車子〕改道。

〔48〕 冰：一作"水"。

〔49〕 崒兀（zúwù卒杌）：山高峻的樣子。

〔50〕 崆峒（kōngtóng空同）：山名，在今甘肅省平涼市西，近涇水發源處。

〔51〕 天柱：《淮南子·天文訓》："昔者共工與顓頊爭為帝，怒而觸不周之山，天柱折，地維絕。"東方朔《神異經》謂崑崙有銅柱，其高入天，即所謂天柱。這裏是虛指。全句極言河水夾着冰凌來勢之猛。

〔52〕 坼（chè撤）：裂開。

〔53〕 枝撐：橋下交叉的支柱。名詞。窸窣（xīsū悉窣）：細小的聲響。按，或說此數句有暗示時局險惡、危機四伏之寓意。

〔54〕 行旅：一作"行李"，均作"行人"解。

〔55〕 川：河流。

〔56〕 異縣：指奉先縣。

〔57〕 庶：表希望的副詞。

〔58〕 號（háo嚎）咷（táo啕）：大聲哭喊。

〔59〕 寧：怎能。一哀：語出《禮記·檀弓》："鄉者入而哭之，遇於一哀而出涕。"

〔60〕 夭折：未成年而死亡。

〔61〕 登：〔穀物〕成熟。

〔62〕 貧窶（jù具）：貧窮。此用作名詞，指貧窮人家，也是作者
　　　　自謂。倉卒（cù猝）：忽忙，急遽。此用作名詞，指突然發
　　　　生的意外事故。

〔63〕 免租税：按唐代律例，像杜甫這樣累世為官、本身又任職朝
　　　　廷的人，都可免徵賦役。

〔64〕 撫迹：察看、細數行事經歷。迹，指生活經歷。

〔65〕 平人：即“平民”。唐人避太宗李世民諱，改“民”為
　　　　“人”字。騷屑：紛擾不安的樣子。劉向《九歎・思古》：
　　　　“風騷屑以搖木兮。”

〔66〕 失業：喪失家園產業。《漢書・谷永傳》：“百姓失業流散。”

〔67〕 憂端：愁緒。端，端緒。終南：山名。詳見《奉贈韋左丞丈
　　　　二十二韻》“尚憐終南山”句注。

〔68〕 澒（hòng訌）洞：瀰漫、綿延的樣子。通“鴻洞”。《淮南
　　　　子・天文訓》：“古未有天地之時，……澒濛鴻洞，莫知
　　　　其門。”又水流洶湧貌。獨孤及《觀海》詩：“澒洞吞百谷，
　　　　周流無四垠。”掇（duō咄）：收拾。曹操《短歌行》：“明
　　　　明如月，何時可掇？憂從中來，不可斷絕。”

　　以上三十句為第三段，敍述還家後遇上幼子餓死的慘劇，並推己及
人，抒發感慨。和首段緊密呼應。

【評析】

　　這首詩把“自京赴奉先縣”探家的歷程（以敍述、描寫為
主）與“詠懷”（以抒情、議論為主）兩者緊密聯繫起來，使之
互相滲透、互相補充、互為映發，而達至情景交溶、事理相生

的高境界，遂成為“聲律中老杜一篇心迹論”（仇注引《庚溪詩話》），表現“老杜平生大本領”的一篇“大文章”（浦起龍《讀杜心解》語）。

全篇分三段，“首明賚志去國之情，中慨君臣耽樂之失，末述到家哀苦之感。而起手用‘許身’、‘比稷契’二句總領，如金之聲也；結尾用‘憂端齊終南’二句總收，如玉之振也。其‘稷契’之心，‘憂端’之切，在於國奢民困，而民惟邦本，尤其所深危而極慮者，故首言去國也，則曰‘窮年憂黎元’，中慨耽樂也，則曰‘本自寒女出’，末述到家也，則曰‘默思失業徒’：一篇之中，三致意焉。然則其所謂‘比稷契’者，果非虛語。而結‘憂端’者，終無已時矣”（《讀杜心解》）。

然不可不知的是，從作者主觀來説，“此詩乃自述生平致君澤民之本懷”，但從讀者接受的角度看，更重要的，則是可從詩人生動可感、夾敍夾議的描述中，體認到安史之亂前夕唐代整個社會環境的主要特點，“盛世”的歷史真象，以及久為腐敗、暴虐的極權統治所苦的廣大民眾鬱結的心聲。這正是“杜陵詩史”不朽之所在，也是杜甫作品能夠歷久常新、具有強大震撼力和深刻感染力的一個重要因素。

杜甫生平與創作(中)

五、亂離歲月（45—46歲，天寶十五載〔至德元載〕至至德二載四月，公元756—757年）

（一）挈家逃難

安史亂前，杜甫在"官定後"往奉先探家，不久，安史之亂便爆發了，時為天寶十四載（755）十一月上旬。十二月，洛陽即告陷落。次年（天寶十五載）正月，安祿山於洛陽稱大燕皇帝，叛軍進迫潼關。二月，杜甫自奉先回到長安。夏五月，由於形勢危迫，遂返奉先移家至白水（今屬陝西省），投靠作縣官的母舅崔十九（頊），寓居"高齋"。六月，哥舒翰戰敗俘降，潼關失守，白水亦危殆，於兵荒馬亂中，杜甫攜同妻兒狼狽北行，經華原（今陝西耀縣東南）、三川（今富縣南），輾轉至鄜州（今富縣），於城西北三十里的羌村暫時安頓下來。

六月九日潼關失守後不久，至十二日凌晨，唐玄宗瞞着百官，只帶心腹隨行，從禁苑西延秋門，倉皇出奔，"親王妃主王孫以下多從之不及"（《舊唐書》）。十四日次馬嵬驛（今陝西興平縣西），禁軍發動兵變，誅楊國忠，貴妃被迫賜死。玄宗一行入蜀。"明眸皓齒今何在？血污遊魂歸不得！清渭東流劍閣深，去住彼此無消息。"（《哀江頭》）杜甫後來得知這一消息，寫下了堪稱為《長恨歌》縮本（或藍本）的牽動人心的詩句。二十日，長安淪陷，焚掠殺戮甚慘。許多來不及出逃的公子王孫、達官貴人東藏西躲，苟且求活，情況十分悲涼。在《哀王孫》中，詩人用"實錄"之筆，攝取了頗具典型性的歷史畫面："長安城頭頭白烏，夜飛延秋門上呼，又向人家啄大屋，屋底達官走避胡。金鞭斷折九馬死，骨肉不得同馳驅。腰下寶玦青珊瑚，可憐王孫泣路隅。問之不肯道姓名，但道困苦乞為奴。已經百日竄荊棘，身上無有完肌膚。……"

七月十三日，太子李亨即位靈武（今屬寧夏回族自治區），是為肅宗，改元至德。並廣集軍馬，準備反攻，人心稍振。八月，杜甫隻身自鄜州擬北出蘆子關（今陝西橫山附近）奔赴靈武。經延州（今陝安），在城南小河稍作逗留（後此河名杜甫川）。從延州至靈武途中，不幸為叛軍所獲，執送回已陷落的長安。

（二）陷身敵區

杜甫在淪陷區度過了極其痛苦的八個月，歷秋、冬、春三季。

至德元載（756）八月，在郭子儀、李光弼領五萬大軍來到靈武後，肅宗便進駐彭原（今甘肅寧縣），準備東征。十月，宰相房琯自請親率兵馬收復兩京。由於戰術指揮失當（以牛車四千乘為主力布陣），加以宦官促戰，"蒼黃失據，遂及於敗"（《舊唐書·房琯傳》）。《悲陳陶》、《悲青坂》兩詩便描寫了當時先後發生在陳陶斜與青坂（均在今陝西咸陽附近）的那兩場令人喪氣的戰役，以及唐軍幾覆全師、而叛軍則氣焰囂張的情景。詩人身陷敵區，仍繫心於前線："山雪河冰野蕭瑟，青是烽煙白是骨。焉得附書與我軍，忍待明年莫倉卒！"（《悲青坂》）他希望唐軍不要急於求成，要準備周詳，再作進取，打有把握之仗，避免無謂犧牲。

除了上兩詩外，杜甫在"泱泱泥污人，听听國多狗"（《大雲寺贊公房四首》之四）的長安城中，前後還寫下了《月夜》、《哀王孫》、《對雪》（戰哭多新鬼）、《春望》、《哀江頭》等名作，以及深情憶念妻兒、弟妹的一些詩篇。

（三）奔赴行在

"行在"，即皇帝的行營。

至德二載（757）一月，叛軍內訌，安祿山被兒子安慶緒令人戕殺。二月，肅宗自彭原移駐更靠近長安的鳳翔（今屬陝西），形勢令人鼓舞。

四月，杜甫在"西郊胡正煩"的時候，毅然冒着性命危險，隻身潛出長安西郭金光門，幾經曲折，終於沿小路到達"行在"——鳳翔，"所親驚老瘦，辛苦賊中來"（《自京竄至鳳翔喜達行在所》其一），"麻鞋見天子，衣袖露兩肘"（《述懷》），表現了詩人"葵藿傾日"、忠於君國的一片熱誠。

六、再度任職（46—48歲，至德二載五月至乾元二年秋，公元757—759年）

（一）拾遺任上

至德二載五月十六日，肅宗下敕："襄陽杜甫，爾之才德，朕深知之。今特命為宣義（議）郎、行在左拾遺。授職之後，宜勤是職，毋怠！"左拾遺官秩不高，從八品上，但地位清要，常在皇帝左右，負諷諫、薦賢之責，所以杜甫兢兢業業，恪忠職守，即使思家心切，也"未忍即開口"（《述懷》），提出往鄜州探親的要求。

詎料上任不久，即發生一件與其政治前途大有關涉的事件：房琯因陳陶斜兵敗，又被門客行為不檢牽累，被罷免相職，貶為太子少師，而實質上，這牽涉到新老皇帝兩派勢力之間的矛盾：琯為追隨入蜀的玄宗舊臣，被肅宗親信所忌，故藉機發難，削職奪權。杜甫不知就裏（或看不過眼），憑着對房琯的瞭解而竭力保房，於是上疏直諫，認為方當用人之際，"罪細不宜免大臣"。由於態度激昂，觸怒了肅宗，"帝怒，詔三司雜問"，擬從重懲治，幸得新任宰相張鎬説情，杜甫才逃過一劫。（《新唐書·杜甫傳》："張鎬曰：'甫若抵罪，絕言者路。'帝乃解。"）但自此以後，皇帝便對他十分冷澹，視之為琯黨，而"不甚省錄"。杜甫自問出以公心，所以從不後悔。

其後，杜甫還做了一件事：會同四位諫官聯名推薦岑參，結果岑被任為右補闕。這段期間，詩人與同朝任事的給事中嚴武、中書舍人賈至互有酬唱，交遊。而嚴武後來在入蜀時更與他關係密切。

（二）放歸鄜州

八月，肅宗墨制放杜甫回鄜州探家（見《北征》原注），和久別的親人會面。"皇帝二載秋，閏八月初吉，杜子將北征，蒼茫問家室。維時遭艱虞，朝野少暇日，顧慚恩私被，詔許歸蓬蓽。……"（《北征》）話雖如此，其實他是帶着有點悶悶不樂的心情踏上旅途的："田園須暫往，戎馬惜離羣。去遠留詩別，愁多任酒醺。"（《留別賈嚴二閣老兩院補闕》）"兵戈猶在眼，儒術豈謀身。苦被微官縛，低頭愧野人。"（《獨酌成詩》）他已感受到忠言逆耳的政治環境的壓力，對前景已殊不看好了。

此次探家之行，他寫下了著名的《羌村三首》和堪與《自京赴奉先縣詠懷五百字》媲美的長篇敍事抒情史詩——《北征》，為"杜陵詩史"增添了富有光彩的一頁。

（三）返回長安

至德二載（757）九月，唐軍在長安西與叛軍激戰，大捷，一舉收回淪陷了兩年三個月的首都。十月十八日，再乘勝收復東都洛陽。十月十九日，肅宗駕離鳳翔，二十三日還京。十二月，"太上皇"玄宗也重返長安。

杜甫在羌村逗留兩個多月。十月聞捷，作《收京三首》。至十一月，也攜同妻兒回到已光復的西京長安，並繼續任職左拾遺。

收京後，皇帝除了大封蜀郡、靈武扈從諸臣外，又把投降叛軍或接受偽職的官員分六等定罪：一等公開行刑，二等迫令自盡，三等杖責一百；三等以下或貶謫，或流放。王維曾受任為偽給事中，但服藥稱喑疾，又寫過《凝碧池》詩懷念故國，復得已貴顯的兄弟王縉救援（自請降職以贖兄罪），故只貶太子中允，仍在長安任職。鄭虔曾被迫授偽水部郎中，但詐稱風緩，又以密章達靈武，雖身陷賊庭，仍志存王室，可是仍貶為台州（今浙江臨海）司户參軍，杜甫為他不值，作《送鄭十八虔貶台州司户，傷其臨老陷賊之故，闕為面別，情見於詩》，淋漓悲憤，"不以成敗論人，不以急難負友，其交誼真可泣鬼神"（仇注引顧宸評語）。後虔果卒於台州。

其時，杜甫尚一直以為"中興"有望，所以聿忠厥職，希望通過拾遺補衰、積極進言，或許可起到有助部分實現早年"致君堯舜"之政治理想的作用。這在他與賈至、王維、岑參、嚴武的唱和之作，以及"不寢聽金鑰，因風想玉珂。明朝有封事，數問夜如何"（《春宿左省》）、"避人焚諫草，騎馬欲雞棲"（《晚出左掖》）等詩句中都可反映出來；尤其是長篇七古《洗兵馬》，以凝練工麗之筆，氣勢磅礴地頌揚了"中興諸將"，雖其中仍帶隱憂，但對平叛的大好形勢總的仍寄以厚望，更全面表達了他的心聲，是這一時期的代表作。

可是，隨着時間推移，杜甫返京初期的樂觀情緒很快便消散了，原來"太平"的表象下潛伏着巨大的暗湧：肅宗及其心腹（所謂靈武新貴）在權位鞏固後，便着手排除異己，向玄宗的蜀中舊臣開刀。乾元元年（758）春，中書舍人賈至被貶出守汝州（今河南臨汝）便是一個信號。"艱難歸故里，去住損春心"，詩人在送別詩中已預感風雨的襲來。果然，到五月，京兆少尹嚴武貶巴州（今四川巴中）刺史，六月，房琯出為邠州（今陝西彬縣）刺史（罪名是"怙氣恃權"，結黨營私），杜甫也貶為華州（今陝西華縣）司功參軍，從此離開長安。

（四）華州之謫

一年前，杜甫潛出長安金光門，投奔鳳翔，現貶往華州，復出此門，自然無限感慨：「此道昔歸順，西郊胡正煩，至今猶破膽，應有未招魂。近侍歸京邑，移官豈至尊？無才日衰老，駐馬望千門。」（《至德二載，甫自京金光門出間道歸鳳翔，乾元初，從左拾遺移華州掾，與親故別，因出此門，有悲往事》）雖表面沒有歸咎皇帝，實則已憤憤不平了。

乾元元年九月，肅宗遣郭子儀等九節度使率六十萬大軍圍困據守鄴城（今河南安陽縣）的安慶緒，次年（乾元二年，759）二月，史思明率叛軍自范陽南援，三月，兩軍決戰，唐軍大潰，郭子儀引朔方軍斷河陽橋，退保洛陽。史思明誘殺安慶緒後，與其子史朝義獨領叛軍，氣焰更熾。唐軍風聲鶴唳，到處濫抓夫役以補兵員之不足，處於戰亂夾縫中的百姓遭受叛軍殘虐和官府壓迫，苦難深重。三吏三別組詩（《新安吏》、《石壕吏》、《潼關吏》，《新婚別》、《垂老別》、《無家別》）便形象、真實地反映了那一歷史時期社會生活的概貌。這組新樂府詩寫於乾元二年三、四月間，鄴城之戰發生後。去年冬，杜甫自華州到洛陽、偃師家鄉探望，回程中，目睹叛軍的暴行、官府的無能和對百姓的苛政，以及民眾家破人亡、妻離子散的慘狀，遂寫下了此痛心疾首、千載下仍駭人耳目的不朽詩篇。

另外，《九日藍田崔氏莊》、《贈衛八處士》也是這一時期的佳作。

七、棄官西行（48歲，乾元二年秋、冬，公元759年）

（一）秦州淹留

由於華州郭姓刺史只是「以常掾畜之」，不重其才，以致

"簿書相仍"，令其"束帶發狂欲大叫"(《早秋苦熱堆案相仍》)，十分不堪，加以乾元二年夏天大旱，關中發生饑荒，所以杜甫終於在立秋後棄官而去，免受沒完沒了的窩囊氣，同時，亦表明他對從政已絕望，要為自己仕宦生涯劃上句號的決心。《立秋後題》詩便表白了他此際的心情：

> 日月不相饒，節序昨夜隔。玄蟬無停號，秋燕已如客。
> 平生獨往願，惆悵年半百。罷官亦由人，何事拘形役？

但其憂國憂民的懷抱則未嘗少變，而且終其一生都是如此。這正是此老難能可貴，十分令人欽敬之處。

去職後，杜甫攜家西走秦州（今甘肅天水縣），因為從侄杜佐和友人贊公和尚都在那裏。當時秦州為西北邊防要地，吐蕃不時侵擾，故詩人有"鼓角緣邊郡，川原欲夜時。……萬方聲一概，吾道竟何之"(《秦州雜詩二十首》其四)的嘆喟。但住下不久，便經濟拮据，囊空如洗，《空囊》、《佳人》（日暮有佳人）裏有詩人自我寫照的形象。孤寂的他此際特別懷念遠方的親朋摯友。《月夜憶舍弟》、《夢李白二首》、《天末懷李白》以及憶念鄭虔的《有懷台州鄭十八司戶》都是此時創作的情文俱至的佳什。另外還有寄贈高適、岑參、賈至、嚴武等人的詩篇。

在秦州三個多月，杜甫前後寫了八十多首作品（均五言體）。其中五律組詩《秦州雜詩二十首》內容深廣、格局宏大，很見功力。

（二）同谷悲歌

由於生活無着，而同谷（今屬甘肅省）又有一位"佳主人"盛情相邀，所以杜甫便在冬十一月決定移家同谷。沿途攀崖越嶺、艱苦跋涉的情狀，在《鐵堂峽》、《泥功山》等十二首紀行詩中有極真切的反映。

在同谷，詩人得不到實際幫助，只好靠拾橡子充飢，山深天寒，手足凍裂，皮肉壞死，全家幾乎陷於絕境。《同谷七歌》便是一闋感人肺腑的"悲愴交響樂"：

有客有客字子美，白頭亂髮垂過耳。歲拾橡栗隨狙公，天寒日暮山谷裏。中原無書歸不得，手腳凍皴皮肉死。嗚呼一歌兮歌已哀，悲風為我從天來！

長鑱長鑱白木柄，我生託子以為命。黃獨無苗山雪盛，短衣數挽不掩脛。此時與子空歸來，男呻女吟四壁靜。嗚呼二歌兮歌始放，鄰里為我色惆悵。

有弟有弟在遠方，三人各瘦何人強？生別展轉不相見，胡塵暗天道路長。東飛鴐鵝後鶖鶬，安得送我置汝旁。嗚呼三歌兮歌三發，汝歸何處收兄骨？

有妹有妹在鍾離，良人早歿諸孤癡。長淮浪高蛟龍怒，十年不見來何時？扁舟欲往箭滿眼，杳杳南國多旌旗。嗚呼四歌兮歌四奏，林猿為我啼清晝！

四山多風溪水急，寒雨颯颯枯樹濕。黃蒿古城雲不開，白狐跳梁黃狐立。我生何為在窮谷？中夜起坐萬感集。嗚呼五歌兮歌正長，魂招不來歸故鄉！

南有龍兮在山湫，古木巃嵸枝相樛。木葉黃落龍正蟄，蝮蛇東來水上游。我行怪此安敢出？拔劍欲斬且復休。嗚呼六歌兮歌思遲，溪壑為我迴春姿！

男兒生不成名身已老，三年饑走荒山道。長安卿相多少年，富貴應須致身早。山中儒生舊相識，但話宿昔傷懷抱。嗚呼七歌兮悄終曲，仰視皇天白白速！

（三）間關入蜀

同谷已難以再待下去，杜甫遂決定移家入蜀。

乾元二年十二月一日，"發同谷縣"。中間備歷艱辛，經木皮嶺、飛仙閣、龍門閣、劍閣等等險阻，在年底終於到達成都，從此展開一段新生活。沿途他又寫下十二首"雄奇崛壯"的五古紀行。

月　夜

　　這是杜甫陷身敵區、失去自由時深切思念妻兒之作，當寫於天寶十五載（756）八月中秋前後。時肅宗已在靈武（今屬寧夏回族自治區）即位，改元至德，詩人自鄜州（今陝西富縣）前往投奔，中途不幸被俘，為叛軍執送回已淪陷的長安，遂與親人隔絕。月圓之夜，感而賦此。

【譯注】

今夜鄜州月[1]，	今夜鄜州的朗月，
閨中只獨看[2]。	只有你在家中獨個兒凝望。
遙憐小兒女[3]，	最可憐那遠方的幼小兒女，
未解憶長安。	還未懂得思念父親——正困在淪陷的長安。
香霧雲鬟濕，	夜霧沾濕你如雲的髮鬒，也沾上幽香，
清輝玉臂寒[4]。	清輝久照，白皙的臂膀定感到寒涼。
何時倚虛幌[5]，	甚麼時候，才能雙雙靠着輕盈的幃帳，
雙照淚痕乾？	在月光輝耀下，讓淚水緩緩地乾掉？

　　〔1〕　鄜（fū膚）州：安史亂起，杜甫攜家逃難至鄜州羌村，現

妻兒仍留在那裏。

〔２〕 閨（guī圭）：女子居住的內室。杜甫妻子楊氏，弘農（今河南靈寶）人，司農少卿楊怡之女。

〔３〕 小兒女：時杜甫有二男二女，都尚年幼。（長子宗文七歲，次子宗武四歲。）

〔４〕 王嗣奭《杜臆》云："鬟濕臂寒，此看月之久，憶望之至也。"

〔５〕 虛幌：指輕薄透明的帳子。

【評析】

此詩明明是作者在思念妻兒，卻先懸想妻子如何苦苦思念自己，並且再進一層，憐惜幼小兒女之不懂得思念，自然也不理解母親心情。靈犀一點，千里相通。如此抒寫，其感情表達得更為濃烈深摯。手法類似《詩經·魏風·陟岵》。浦起龍說："心已馳神到彼，詩從對面飛來。悲婉微至，精麗絕倫，又妙在無一字不從月色照出也。"（《讀杜心解》）言之甚當。

"香霧"一聯，傳本或作"薄霧（或白露）侵鬟濕，清輝入臂寒"。有人認為原作應如此，今本為後世風流文士所竄改（見傅庚生《杜詩析疑》69頁，陝西人民出版社，1980年）。其實此聯如作"侵"、"入"，則語太硬，顯得太着力，與全詩較柔和、軟性的調子不大協調，而且憑"薄霧"、"清輝"之力，亦無此"勁道"也，此其一；第二，此聯前後各句都已是動詞為主的敍述句，如再用"侵"、"入"，顯然敍述語太多，現在化敍述為描寫，能使全詩句式和表現手法多樣化；第三，今本"雲鬟""玉臂"以"麗語寫悲情"，可收與"樂景寫哀"相同的反襯效果。綜上三點理由，可見此聯仍應以今傳本字句為是。

尾聯是由衷的希望，與首聯緊密照應。李商隱《夜雨寄北》詩："君問歸期未有期，巴山夜雨漲秋池。何當共剪西窗燭，卻話巴山夜雨時。"章法正與之相仿。

悲陳陶

【題解】

至德元載（756）十月，肅宗的宰相房琯自告奮勇率兵收復長安，與安史叛軍於陳陶斜相遇，由於書生用武，不懂兵法，加以隊伍多新兵，訓練未足，倉猝接戰，遂及於敗。戰勝之敵軍則趾高氣揚，飛揚跋扈，驕狂不可一世。詩人於長安目見耳聞，無限傷痛，於是寫成此詩，以洩悲憤。

陳陶：又稱陳陶（濤）斜，為一片沼澤地，在今陝西省咸陽市東，當時屬咸陽縣。

【譯注】

孟冬十郡良家子[1]，	初冬時節，西北十郡的良家子弟兵，
血作陳陶澤中水。	鮮血流成陳陶沼澤的水。
野曠天清無戰聲，	原野遼廓，天宇蕭瑟，再無廝殺的聲音，
四萬義軍同日死[2]！	四萬正義之師同一天隕命！
羣胡歸來血洗箭[3]，	大隊胡兵戰罷歸來，箭上的鮮血淋漓欲滴，
仍唱夷歌飲都市。	還高唱胡歌，在城中飲酒歡慶。
都人迴面向北啼[4]，	城裏居民轉臉朝北，哀痛地啼哭，
日夜更望官軍至。	日夜盼望官軍能趕快到來。

〔1〕 十郡良家子：指從西北十郡（今陝西一帶）殷實人家徵來的新兵。古代多以罪人、贅婿、商賈入軍籍，一般平民子弟入籍的稱為“良家子”。《漢書·李廣傳》：“廣以良家子從軍擊胡。”王先謙補注引周壽昌曰：“漢制，凡從軍不在七科讁內者，謂之良家子。”

〔2〕 義軍：指官軍。同日死：《舊唐書·房琯傳》：“琯分為三軍，……自將中軍為前鋒。十月庚子，師次便橋（按，便橋在咸陽縣西南十里，架渭水上）。辛丑（二十一日），二軍（按，指北軍和中軍）先遇賊於咸陽縣之陳濤斜，接戰，官軍敗績。”又《資治通鑑》記當日戰況：“琯效古法，用車戰，以牛車二千乘，馬、步夾之；賊順風鼓譟，牛皆震駭。賊縱火焚之，人畜大亂，官軍死傷者四萬餘人，存者數千而已。”情況異常慘烈。

〔3〕 胡：指安史叛軍，多邊疆少數族裔。血：一作“雪”。

〔4〕 向北：時肅宗已轉進至彭原（今甘肅省寧縣），地處長安西北，故云。《資治通鑑》載：“民間相傳太子（按，即肅宗）北收兵來取長安。長安民日夜望之，或時相驚曰：‘太子大軍至矣！’則皆走，市里為空。賊望見北方塵起，輒欲驚走。”

【評析】

以直陳之筆，抒悲慟之情，“官軍之聊草敗沒，賊軍之得志驕橫，兩兩如生”（《讀杜心解》），而議論自見於言外。前四句寫戰況，從己方着筆：“無戰聲”、“同日死”，截然而止，欲哭無淚，不忍多說，有很強的震撼力。五、六句寫敵軍得意驕横之狀。末兩句寫民眾哀傷和迫切盼望之情，正如陸游詩：「遺民淚盡胡塵裏，南望王師又一年！」

沈德潛説：「此悲房琯失機敗軍也，有難明説破者，故行以短篇。……是學歌謠體者，後之作者構短篇，原於此亦多。」（《杜詩評鈔》）

春　望

【題解】

　　至德二載（757）春深時作於敵佔區長安。其時，詩人已陷身敵區大半年；是年二月，蕭宗自彭原移駕鳳翔（今屬陝西），逼近長安，消息傳來，人心思奮。杜甫急欲衝破網羅，投奔朝廷，報効國家，且與親人團聚。這首詩便抒發了心中交織的悲愁、思念與欲行未果的焦慮之情；而"春望"的題目，正透露出一線希望的曙光。果然，在此詩寫成後不久（四月），作者便成功地潛出長安西郭門，冒險從小路奔赴鳳翔，朝見天子，達成了自己重大的心願。

【譯注】

國破山河在，	國破家亡，唯有山河依舊，
城春草木深。	春天的長安城一片草木葱蘢。
感時花濺淚，	我感傷時局，看見花開也不禁為之灑淚；
恨別鳥驚心[1]。	因為悵恨別離，聽見鳥鳴只越覺心中煩憂。
烽火連三月[2]，	烽煙遍野，已接連數月不斷，
家書抵萬金。	一封家信，簡直價值連城。
白頭搔更短[3]，	我〔苦思良策，〕頻頻搔首，令斑白的頭

髮更形稀少，

渾欲不勝簪[4]。　　　　幾乎要別不住簪子了。

〔１〕　濺淚、驚心：皆指人而言（驚心，指憂心忡忡、忐忑不安
　　　　的感覺）。作者《贈王二十四契侍御四十韻》詩：“曉鶯工
　　　　進淚，秋月解傷神。”與此意近。司馬光《司馬溫公詩話》
　　　　云：“‘國破山河在’，明無餘物矣；‘城春草木深’，明無
　　　　人迹矣。花鳥平時可娛之物，見之而泣，聞之而悲，則時
　　　　可知矣。”

〔２〕　三月：表約數，不一定實指春天三個月。諸注本釋此過於
　　　　坐實，欠妥。又或釋為暮春三月，“謂連逢兩個三月”（《讀
　　　　杜心解》），亦未妥。

〔３〕　短：短少，稀落。

〔４〕　不勝（平聲）：承受不了。簪（zān）：用來把帽子別在髮
　　　　髻上的飾物。頭髮稀疏則難以別得住。鮑照《擬行路難》
　　　　詩：“白髮零落不勝簪。”

【評析】

　　此詩題目涵表層與深層兩重意義。表層意義是“春之眺
望”；深層意義是“春之期盼”。

　　首聯總寫，表達“風景不殊，舉目有山河之異”的身處淪
陷於叛軍鐵蹄下之國都的感受。二、三聯兩兩分承（“烽火”
承“感時”句，“家書”承“恨別”句），具體點出“國仇”與
“家恨”。以上都是“春望”的所見與所感（所謂“家國之

悲"），扣住題面着筆。尾聯暗藏心事，不便言明，只以"搔首踟蹰"的形象出之，實包含了題目深層的象徵意義：企盼並欲追尋春天的温暖與光明；也就是要實現"脱身西走"，投奔朝廷，以報效國家，並與親人團聚的美好願望。這一深層義藴只有聯繫作者同一時期的行動與作品去辨析，才易理解得到。

比如《大雲寺贊公房四首》之："細軟青絲履，光明白氎巾，深藏供老宿，取用及吾身"（其二）；"天黑閉春院，地清棲暗芳。……明朝在沃野，苦見塵沙黃"（其三）；"明霞爛複閣，霽霧塞高牖，側塞被徑花，飄飄委墀柳。艱難世事迫，隱遁佳期後。晤語契深心，那能總鉗口。奉辭還杖策，暫別終回首。泱泱泥污人，听听國多狗。既未免羈絆，時來憩奔走"（其四）。又《喜晴》之："皇天久不雨，既雨晴亦佳。出郭眺西郊，蕭蕭春增華。青熒陵陂麥，窈窕桃李花，春夏各有實，我饑豈無涯？……英賢遇轗軻，遠引蟠泥沙。顧慚昧所適，回首白日斜。漢陰有鹿門，滄海有靈槎，焉能學衆口，咄咄空咨嗟！"等等，便都透露了箇中消息。於前詩，四川文史館編《杜甫年譜》說："杜甫決意投奔鳳翔，臨行前，卻往懷遠坊大雲寺住宿數日，以避胡人耳目。……以詩意為據，可見其晦迹寺中時，與贊公密商潛投鳳翔之計，而戒以勿洩漏消息，恐遭國狗之噬也。"於後詩，陳貽焮《杜甫評傳》說："老杜從長安逃出是在這年四月，這次出郭閑遊就在出逃前不久。要說這次出遊是為出逃探路，看看是否出得去，是否有隙可乘，恐怕也不是毫無道理。《杜臆》說：'前引"商山芝"、"東門瓜"，後引"鹿門"、"海槎"，語似複而意不同：前就古人説，後就自己説。謂決意遠去，無之而不可，陸有鹿門，海有靈槎，未嘗阻我往也'。王嗣奭不是早就看出老杜當時已下決心要逃走了麼？"分析都頗有道理。但可惜，說杜諸公都未能悟到，這"決意遠去"的深心，其實早在《春望》的尾聯已透露出來了。

述 懷

【題解】

至德二載（757）四月，杜甫趁着夏天草木蕃生、便於隱蔽的時機，經一番躊躇和策劃（包括預先出郊觀察環境、情勢——見《喜晴》詩），終於毅然決然冒險出奔，隻身沿小路逃至鳳翔，回歸抗敵大本營中，受到皇帝接見，並被封為左拾遺。能夠輔佐君王（雖然官階低微），為救平叛亂、治理國家出一分力，他自然感到興奮，但消息久絕的親人的情況，又令他異常掛懷。這首詩便表達了詩人這種複雜的心境。

【譯注】

去年潼關破[1]，	去年潼關被攻破〔京城陷落〕之後，
妻子隔絕久。	妻兒便和我長期隔絕。
今夏草木長[2]，	今年初夏草木盛長時，
脫身得西走。	我終於脫身逃到西方（鳳翔）。
麻鞋見天子，	穿着麻鞋拜見天子，
衣袖露兩肘[3]。	衣衫殘破，捉襟見肘。
朝廷愍生還[4]，	朝廷憐憫我僥倖死裏逃生歸來，
親故傷老醜。	親友為我變得又老又醜而傷心。

涕淚受拾遺[5]，　　　　　我流着淚接受左拾遺的任命，

流離主恩厚。　　　　　　在這戰亂流離之際，深感皇上厚恩。

柴門雖得去，　　　　　　雖然本可以回家探望，

未忍即開口。　　　　　　也不忍心馬上開口請求。

〔1〕　潼關破：玄宗天寶十五載（即肅宗至德元載，公元756年）
　　　　六月，安祿山破潼關，守將哥舒翰被俘降敵。接着長安失
　　　　守。七月，杜甫自鄜州投奔靈武，中途被叛軍執送至長
　　　　安，遂與留居鄜州的妻兒隔絕。

〔2〕　草木長：指初夏四月。陶潛《讀山海經十三首》之一：“孟
　　　　夏草木長。”

〔3〕　露兩肘：《莊子‧讓王》：“曾子居衛，縕袍無表，……捉衿
　　　　而肘見。”

〔4〕　慜：同“憫”，哀憐。

〔5〕　受拾遺：杜甫在至德二載五月十六日受任為左拾遺。《唐六
　　　　典》：“門下省，左拾遺二人，從八品上，……掌供奉諷
　　　　諫，扈從乘輿。”

　　以上十二句為第一段，憶述戰亂中與妻兒分散到現在逃歸鳳翔的經
過，說明雖思家但未立即前往探視的因由。

寄書問三川[6]，　　　　　寄信到鄜州打探親人消息，

不知家在否。　　　　　　不知家還在不在呢。

比聞同罹禍[7]，　　　　　不久前聽說當地人都遭了殃，

殺戮到雞狗。　　　　　　叛軍大肆殺戮，連雞狗也難倖免。

山中漏茅屋，　　　　　　山中破漏的茅屋裏，

70

誰復依戶牖[8]？　　　可有誰還活着呢？

摧頹蒼松根[9]，　　　被連根拔起的蒼松樹根旁，

地冷骨未朽。　　　　天寒地凍，屍骨還未朽爛。

幾人全性命，　　　　就算偶有幾個人能保全性命，

盡室豈相偶[10]？　　又有哪一家能相聚一起？

嶔岑猛虎場[11]，　　高峻的山區已成猛虎出沒場所，

鬱結迴我首。　　　　我深愁鬱結，不禁回頭長歎。

〔6〕 三川：鄜州縣名。當時鄜州州治的洛交縣（今陝西富縣）
　　　 部分為三川舊地，故此徑以"三川"指代鄜州，即杜甫妻
　　　 兒所在地。

〔7〕 比（bì畢）：近。罹（lí離）：遭受。

〔8〕 戶牖（yǒu有）：門窗。牖，窗戶。

〔9〕 摧頹：摧傷頹敗。此指連根拔起。

〔10〕 盡室：全家。相偶：相聚合；完聚。

〔11〕 嶔岑（qīncén欽涔）：山高峻的樣子。猛虎場：既指屠戮
　　　 後的山區人煙稀少，只餘野獸出沒；亦以猛虎喻兇殘的敵
　　　 人。

以上十二句為第二段，想像鄜州遭難的情景，憂心家人的安危存亡。

自寄一封書[12]，　　自從寄去一封信，

今已十月後，　　　　到現在已過了十個月，

反畏消息來[13]，　　反而害怕收到訊息，

寸心亦何有[14]？　　這樣的心情真不好受！

漢運初中興[15]，　　大唐國運開始中興，

生平老耽酒[16]。	我已年老，平生又愛喝酒。〔本來以為今後可多喝一點。〕
沉思歡會處，	但靜靜一想，到真正返家歡聚時，
恐作窮獨叟[17]。	只怕已成了窮困孤單的老頭了。〔又哪有心情喝酒呢！〕

〔12〕　此句遙接“寄書問三川”句。

〔13〕　因害怕得到不幸的消息。心態與“嶺外音書絕，經冬復立春。近鄉情更怯，不敢問來人”（李頻《渡漢江》）所描述相似。

〔14〕　何有：有甚麼？意謂心中的滋味難說清楚。

〔15〕　漢：借指唐代，唐人有此習慣。

〔16〕　耽酒：見《官定後戲贈》“耽酒須微祿”句注。

〔17〕　是耽心家人已遭不幸。

　　以上八句為第三段，在喜見中興之餘，進一步表達對妻兒命運的耽心。

【評析】

　　本篇以“述懷”為題，故主要是抒述自己的心情、感受，敘事穿插其間，作為述懷的依據；後半多想像、揣測之辭。寫法有點類似《自京赴奉先縣詠懷五百字》，但記敘成分較少。因而，這是一首抒情詩，而非敘事詩。《詠懷五百字》（還有《北征》）則屬敘事·抒情體，因其兩者比重大致相當。

　　本詩文字明白如話，表達的心情卻十分複雜細緻，做到抑揚頓挫，曲折動人："去年潼關破，妻子隔絕久"是一抑；脫險生還受職是一揚；未能探家又一抑；寄書又一揚；傳聞罹禍再一抑；漢運中興復一揚；最後以恐成窮獨叟之一抑回應開端作結。充分顯示作者舉重若輕、運斤成風的驅遣文字本領，以及細針密縷、織錦成文的謀篇布局功夫。

羌村三首 (其二)

【題解】

　　杜甫在至德二載（757）五月受任左拾遺，同月即發生房琯罷相，杜甫上疏切諫而觸怒皇帝的事件。到閏八月，肅宗令甫回家探視（實際是藉此停職放歸），詩人遂因此有機會重返鄜州，與闊別了一年多的妻兒會面。組詩寫出久別重逢、相見如夢的感受以及與村人聚談的生活情景，從一個側面反映出時局的變遷。筆調樸素親切。

　　羌村：在鄜州城西北郊，杜甫去年率家逃難時暫寓於此。

【譯注】

羣鷄正亂叫，	羣鷄正喔喔亂叫，
客至鷄鬥爭，	客人來到時，鷄在爭鬥，
驅鷄上樹木[1]，	直到把鷄趕到樹上去，
始聞扣柴荆[2]，	才聽見敲扣柴門的聲音。
父老四五人，	四五位村中父老，
問我久遠行[3]，	慰問我長久遠行歸來，
手中各有攜，	手裏各提着東西，
傾榼濁復清[4]。	從榼裏倒出清酒和濁酒。

莫辭酒味薄[5]，	"請別嫌棄酒味澹薄，
黍地無人耕[6]，	"黍子地現在沒人耕種，
兵革既未息[7]，	"戰事尚未平息，
兒童盡東征[8]。	"連小孩都全部東征去了。"
請為父老歌[9]，	"請讓我為諸位父老吟唱首詩歌吧，
艱難愧深情，	"在這艱難時世，得你們深情相待，真令我感愧。"
歌罷仰天歎，	唱完後仰天長歎，
四座淚縱橫。	座上的人都涕淚交流。

〔１〕 鷄上樹木：古代的鷄脱離野生習性未久，且體形較瘦，故常棲息於樹上。漢樂府詩："鷄鳴高樹顛，狗吠深巷中。"

〔２〕 柴荆：柴門。荆，灌木名，可作柴薪。謝靈運《初去郡》詩："促裝返柴荆。"

〔３〕 問：探望，慰問。《漢書・張禹傳》："太官致餐，……使者臨問。"作者《北征》："蒼茫問家室。"

〔４〕 榼（kē瞌）：古代盛酒器皿。劉伶《酒德頌》："動則挈榼提壺。"

〔５〕 "莫辭"四句是父老的話。

〔６〕 黍（shǔ署）：一年生草本植物，籽實叫黍子，碾成米叫黃米，可釀酒。

〔７〕 兵革：兵器和衣甲；指代戰爭。

〔８〕 時收復兩京之戰正如火如荼地進行。徵及兒童，可見戰事之酷烈，傷亡之慘重。

〔９〕 "請為"兩句是作者致謝父老的話。

75

【評析】

　　《羌村三首》寫鄉村生活，用語純樸，不加雕飾，帶有濃厚的村野味；內容與形式和諧一致。唯其如此，所以反映的情況令人覺得真實可信，且親切動人。

曲江二首（其二）

【題解】

　　這是乾元元年（758）暮春之作。杜甫攜眷回京後，仍任左拾遺，但其時政治氣候已漸不如前，賈至被貶便是個明顯的信號。詩人預感到，他們這些“房琯黨”行將受到大清洗，他這個諫官也難以再有甚麼作為了，所以心情日益沉重。而這段時期所作的詩中也表露出罕見的“政治冷感”甚至主張及時行樂的消極態度來。本篇是其中之一。

　　曲江：又名曲江池，在今陝西長安縣東南，本秦之隑州，漢、唐續加疏鑿，因成勝境，以水流曲折，故名曲江。“其南有紫雲樓、芙蓉苑，其西有杏園、慈恩寺”（《劇譚錄》）等名勝。是當時長安著名遊覽區。

【譯注】

朝回日日典春衣，	每天退朝後，便拿春天衣裳去典當，
每日江頭盡醉歸。	然後到江邊痛飲，不醉無歸。
酒債尋常行處有[1]，	隨意欠下的酒債，幾乎到處都有，
人生七十古來稀[2]。	人生能活到七十歲的，古來又有多少？
穿花蛺蝶深深見[3]，	穿花蝴蝶，不時在花叢深處閃現，

點水蜻蜓款款飛[4]。　　　　　點水蜻蜓，倏地又款款飛去。

傳語風光共流轉[5]，　　　　且告訴春光，不如一起流連吧，

暫時相賞莫相違[6]。　　　　反正時光短暫，就盡情歡賞一番，可別棄

　　　　　　　　　　　　　　我而去啊！

〔1〕　尋常：古代以八尺為尋，倍尋為常，故可與下句的數字相

　　　　對；此用“借對”法，為普通、平常之意。

〔2〕　“人生百歲，七十者稀。”乃古諺語（見《玉壺清話》）。

〔3〕　見（xiàn現）：同“現”。

〔4〕　款款：舒徐的樣子。《後漢書》注：“款，緩也。”

〔5〕　傳語：寄語。石崇《王明君辭》：“傳語後世人。”流轉：

　　　　流連，徘徊。

〔6〕　相賞：互相欣賞。違：背棄，離開。

【評析】

　　組詩第一首開頭便道：“一片花飛減卻春，風飄萬點正愁
人。”可見是暮春時節。這裏既寫季候，亦暗喻人事。第二首
便從典衣沽酒、日遊醉鄉、縱情賞春開始，而以惜春、留春結
束。既是語涉雙關，自然帶上“知其不可為而為之”的味道。
詩人祖父杜審言《春日京中有懷》詩說：“寄語洛城風日道，明
年春色倍還人。”那是寄望於來年，似對未來尚抱有信心；而
本詩“傳語風光共流轉”則寄望於眼前，希望立時見效，留春
之意顯得更為殷切，但其實，這恰恰反映出詩人內心痛苦之
深，失望之甚。後來宋詞中不少挽留春光的癡語、綺語、怨

語，大都從杜甫之句而不是審言之句化出，原因亦在於此。因為說到底，畢竟是"不如意事常八九"啊，何況是對人生有理想、對社會有承擔的人呢！

石壕吏

【題解】

乾元元年（758）六月，杜甫在春天預感的那場政治風雨終於襲來，隨着房琯貶任邠州刺史，杜甫也出為華州（今陝西華縣）司功參軍。"三吏三別"，便是華州任上的名作。本詩是其中一首。

乾元二年（759）三月，由郭子儀、李光弼等九節度使率領、已圍困鄴城（又名相州，今河南安陽縣）半年的六十萬政府軍與安史叛軍展開激戰，結果唐軍潰退，損失慘重。為補兵員不足，政府到處拉伕抓丁，令飽受戰火摧殘的百姓百上加斤，再受騷擾折磨，更陷水深火熱之中。"窮年憂黎元"的杜甫從洛陽返華州途中親見此情此景，遂發而為詩，而下千古之淚。

石壕：村名，在陝州陝縣（今河南陝縣東南英豪鎮附近）。

【譯注】

暮投石壕村，	傍晚，我在石壕村投宿，
有吏夜捉人。	見有官差夜裏捉人。
老翁踰牆走[1]，	老翁翻牆逃走，
老婦出看門。	老婦人出門口應付。

吏呼一何怒[2]，	官差的吆喝是何等兇暴，
婦啼一何苦！	老婦人啼哭得多麼悲苦！
聽婦前致詞：	聽見婦人上前說：
三男鄴城戍[3]；	"三個兒子都去了鄴城打仗；
一男附書至，	"一個兒子捎信回來，
二男新戰死。	"說兩個兄弟剛剛戰死。
存者且偷生[4]，	"活着的暫時得過且過，
死者長已矣。	"死了的就永遠完了。
室中更無人，	"家裏再沒有其他人，
惟有乳下孫，	"只有個還在吃奶的孫子。
有孫母未去[5]，	"因為有孫子，所以媳婦未離開，
出入無完裙。	"但出入沒一件完好的衣裙。
老嫗力雖衰[6]，	"我老太婆雖然氣力不濟，
請從吏夜歸，	"就請讓我跟你連夜回去吧，
急應河陽役[7]，	"馬上趕到河陽服役，
猶得備晨炊。	"還來得及替隊伍準備早餐。"
夜久語聲絕，	到夜深，說話聲沒有了，
如聞泣幽咽[8]。	好像聽到細微、悲抑的抽泣。
天明登前途，	到天亮我上路時，
獨與老翁別。	只和老翁一個人告別。

〔1〕 踰（yú渝）：越過。

〔2〕 一何：多麼。副詞。

〔3〕 戍（shù恕）：軍隊防守。這裏指參加圍攻鄴城之役。三月
　　　初三一戰，由於缺乏統一指揮，唐軍大敗，"戰馬萬匹唯存

81

三千，甲仗十萬棄遺殆盡。……諸節度各潰歸本鎮"（《資治通鑑》）。

〔4〕 偷生：過得一天算一天。

〔5〕 "有孫"二句：一作"孫母未便出，見吏無完裙"。完：完好無損。

〔6〕 嫗（yù裕）：年老的女人。這裏是老婦自稱。

〔7〕 河陽：即舊孟津，在今河南省孟縣西南，黃河南岸，扼洛陽東北門户。鄴城敗後，郭子儀率朔方軍退守於此，"斷河陽橋，保東京"（《資治通鑑》）。

〔8〕 幽咽：形容聲音微細而斷續。這應是兒媳的哭聲。

【評析】

《三吏》"夾帶問答敍事"，是用客觀的問答、敍事體表現，作者本人也出場；而《三別》則"純託送者行者之詞"，用第一人稱自述體表現，作者不出場。如此篇，首、尾各四句都是敍事，中間記述婦人與吏的對白。雖然不着議論，但感情色彩自見。

唐代本來實行"三丁抽一"的"府兵"制，現在卻"驅盡壯丁，及於老弱"，可見在安史亂中，府兵制已遭嚴重破壞。"詩云，三男戍，二男死，孫方乳，媳無裙，翁踰牆，婦夜往，一家之中，父子兄弟祖孫姑媳慘酷至此，民不聊生極矣！"（仇兆鰲注）杜甫善於運用典型化的手法，並傾注極大熱情於其中，所以能收到即點見面、強烈牽動人心的效果。

無家別

這是"三別"的第三首。以一位戰敗歸來又被重徵入伍的戰士親身訴説的方式，反映安史亂中廣大農村田園荒蕪、十室九空的淒慘景象，以及腐敗無能的政府給人民生活與心靈造成的深痛鉅創。詩中主人公由於家破人亡，只剩孤零零一身，要離開也無人可與告別，故稱"無家別"。

【譯注】

寂寞天寶後[1]，	天寶亂後，到處冷落荒涼，
園廬但蒿藜[2]。	田園廬舍只有野草叢生。
我里百餘家[3]，	我村裏百多戶人家，
世亂各東西。	戰亂中各散東西。
存者無消息，	活着的渺無音訊，
死者爲塵泥[4]。	死去的化作塵土。
賤子因陣敗[5]，	我因為吃敗仗隊伍潰散，
歸來尋舊蹊[6]。	便返鄉重尋舊路。
久行見空巷，	走了許久，見到空蕩蕩的巷子，
日瘦氣慘悽。	日色無光，氣象慘悽。

但對狐與狸[7]，	只遇上狐狸之類野獸，
豎毛怒我啼。	豎起毛對我嗚嗚怒叫。
四鄰何所有？	左鄰右舍還剩下甚麼？
一二老寡妻。	只有一兩位老寡婦。

〔1〕　天寶：唐玄宗年號。天寶十四年（755）十一月，安史之亂爆發。次年（756）七月，肅宗（玄宗子）即位靈武，改元至德，天寶年號結束。戰亂則一直綿延。

〔2〕　但：只是。蒿（hāo薅）、藜：均草本植物名。

〔3〕　里：古代五家為鄰，五鄰為里；這裏指鄉村。

〔4〕　為：一作“委”。

〔5〕　賤子：自稱的謙詞。陣敗：指乾元二年（759）三月初三鄴城會戰之敗。

〔6〕　舊：一作“故”。蹊（xī溪）：小路。

〔7〕　狸：貉（hé），或指山貓。

以上十四句為第一段，自述戰罷歸來，故里已面目全非。寫全村“無家”之慘況。

宿鳥戀本枝[8]，	鳥兒總依戀原來棲宿的枝頭，
安辭且窮棲。	我怎忍離去，姑且湊合着住下。
方春獨荷鋤[9]，	趁春天獨自荷鋤耕種，
日暮還灌畦。	傍晚又引水灌田。

〔8〕　用引喻法，以鳥戀故巢比喻人戀故鄉。《古詩十九首》：“胡馬依北風，越鳥巢南枝。”

〔9〕 方：正當。

以上四句為第二段，自述歸來後獨自耕作，以為可暫喘一口氣。為兩段間的過渡。

縣吏知我至[10]，	縣官知道我回來，
召令習鼓鼙[11]。	把我再徵召入伍訓練。
雖從本州役，	雖然只在本州服役，
內顧無所攜[12]。	但看看家中，無人可別，〔實足感傷。〕
近行止一身，	如去近處雖也是孑然一身，
遠去終轉迷[13]。	但遠行服役終覺前途難卜。
家鄉既盪盡，	不過，反正家裏村中都已空無所有，
遠近理亦齊！	去遠去近還不是一個樣！
永痛長病母，	曾長期臥病的亡母，
五年委溝谿[14]，	五年不得安葬，令我永感痛傷，
生我不得力，	生我這個兒子不中用，
終身兩酸嘶[15]。	使母子倆終生都悲苦含恨。
人生無家別，	人生竟至無家可別，
何以為蒸黎[16]！	叫老百姓還怎麼做人哪！

〔10〕 吏：一作“令”。

〔11〕 習鼓鼙（pí皮）：習練軍事。鼓鼙，戰鼓，指代征戰行伍之事。

〔12〕 內：指家中。攜：離。

〔13〕 轉迷：言未來會變得迷茫難測，不能把握自己的命運。

〔14〕 五年：自安史亂起至今恰好五年。委溝谿（xī溪）：棄屍

85

荒溝。委，拋棄。谿，同"溪"。

〔15〕 酸嘶（sī斯）：心傷痛哭至聲音嘶啞。嘶，哭至失聲。

〔16〕 蒸黎：眾民百姓。《詩·大雅·蕩》："天生烝民，其命匪諶。"烝，同蒸，眾。又《雲漢》："周餘黎民，靡有孑遺。"鄭玄箋："黎，眾也。"

以上十四句為第三段，寫自己再次被徵入伍，但已無家可別的極度痛傷。

【評析】

古體詩沒有句數的限制，故一般長於鋪敍，節奏較緩；但此詩"雖從本州役"到"遠近理亦齊"六句，則緊湊綿密，重重轉折，深具近體詩的神理："本州役"似可慶幸，而"無所攜"又足悲傷；"止一身"似可悲，但"近行"而不"遠去"，又似可慶幸；到最後，想到"家鄉溫盡"，又何分"遠近"呢——終於還是以悲傷作結。

仇兆鰲《杜詩詳注》引黃生說："詩言'內顧'，無妻也；言'永痛'，無母也。母亡妻去，曲盡無家之慘。"

浦起龍《讀杜心解》更指出："'何以為蒸黎'，可作六篇總結。反其言以相質，直可云：'何以為民上？'"悲恨交織，矛頭直指，頗能揭出杜詩的深蘊。可見所謂"一飯不忘君"（蘇軾評杜甫語）也者，有時須看是怎麼個"不忘"。

秦州雜詩二十首（其七）

【題解】

　　乾元二年（758）秋，杜甫棄官西行，攜家暫居秦州（今甘肅天水縣）。這組詩便是當時所作，“是入秦以來，詳揭行蹤心事，投寄中朝朋舊者。通盤布置，用代書箋”，故“體裁渾成”（《讀杜心解》）。本篇寫出作為西北邊防重鎮的秦州之環境、形勢特點，表現詩人對國事不可去懷的憂念。

【譯注】

莽莽萬重山，	萬山層疊，莽莽蒼蒼，
孤城山谷間[1]。	秦州孤城就藏身於山谷裏。
無風雲出塞[2]，	縱然無風，浮雲輕易便越過邊塞，
不夜月臨關。	還未入黑，明月已經照臨城上。
屬國歸何晚[3]？	使臣一去，遲遲不見回來，
樓蘭斬未還[4]。	將軍也未能順利克敵奏凱。
煙塵獨長望[5]，	煙塵滿目，我獨自久久凝望，
衰颯正摧顏[6]。	秋容慘澹，令人很快會憂傷衰老。

〔1〕　山谷：一作“石谷”。秦州在隴山西，居隴右東西交通要衝。

〔2〕 “無風”二句：從隋·李巨仁“無風波自動，不夜月恆明”（《賦得鏡》）句化出，而更為警策，既寫出關山地勢之高迴，又暗示邊城位置之險要（鄰近吐蕃），渲染出一派隨時保持警覺的緊張、嚴峻氣氛。

〔3〕 屬國：用蘇武的典故，借指唐朝使臣。《漢書·蘇武傳》：“蘇武使匈奴，二十年不降，還，廼為典屬國（按，官名，掌管藩屬各國事務）。”

〔4〕 樓蘭：用漢朝傅介子典故，借指唐軍將領。《漢書·傅介子傳》載：傅率士卒至西域，斬樓蘭王，持其首以歸，封為義陽侯。

〔5〕 煙塵：指戰火。蔡琰《胡笳十八拍》：“煙塵蔽野兮胡虜盛。”

〔6〕 衰颯：慘澹衰落；此指“長望”時所見之景色、氣象；暗喻敵強我弱之態勢。摧顏：摧損容顏。

【評析】

安史之亂爆發後，曾與唐朝“和親”，自稱“外甥”國的吐蕃乘機侵擾，不斷蠶食西北疆土，連陷百谷城、西平郡、河源軍等。秦州鄰近吐蕃，邊警特多，故詩人對之甚表關切。此詩前四句描寫山城形勝與邊塞風光，五、六句轉入抒情，對於唐朝對吐蕃當時處於弱勢的外交與軍事深表憂慮（“屬國”句寫外交，“樓蘭”句寫軍事），最後以“衰颯”概括整體形勢，說明“憂傷令人老”。可見杜甫雖已去職在野，仍繫心時局。

月夜憶舍弟

【題解】

　　杜甫有四位弟弟：潁、觀、占、豐。除杜占與他一起外，其餘三位弟弟均在外地（潁在今山東，觀、豐當時在河南）。此詩也是在秦州時作，抒發了戰亂流離中憶弟的手足深情。

【譯注】

戍鼓斷人行[1]，	戍樓的更鼓聲斷絕行人來往，
邊秋一雁聲[2]。	邊城秋空劃過孤雁的哀鳴。
露從今夜白[3]，	今夜恰逢白露，露水晶瑩潔白，
月是故鄉明。	月色還似在故鄉時那般皎潔明亮。
有弟皆分散，	弟弟們都已流散異地，天各一方，
無家問死生[4]。	故家無人，難以探問生死存亡。
寄書長不達，	寄信又許久都無法送達，
況乃未休兵[5]。	何況現在那裏還在打仗呢。

〔1〕　戍鼓：庾信《陪駕幸終南山和宇文內史》詩："戍樓鳴夕鼓，山寺響晨鐘。"戰爭期間實行宵禁，故戍樓鼓響，行人即絕迹。

〔２〕　邊秋：一作“秋邊”。一雁聲：既寫秋景，亦通過兄弟雁行
　　　　和雁足傳書的典故，引起憶弟之意。《禮記・王制》：“父子之
　　　　齒隨行，兄弟之齒雁行。”
〔３〕　當天為二十四節氣之白露節。
〔４〕　家：指河南偃師陸渾莊的舊居。
〔５〕　未休兵：乾元二年（758）九月，史思明又攻陷東都洛陽及
　　　　齊、汝、鄭、滑四州，戰況轉熾，故更添憂念。

【評析】

　　本詩八句其實都寫憶弟之情。此情先由邊秋雁聲觸發，因
見露白月明而加深。前四句用比興手法，寓情於景，較為含蓄
不露；後四句轉為直陳，淋漓悲愴，如急流奔瀉，將痛切思念
之手足深情宣洩無遺。

　　“月是故鄉明”，乃因月色之相似，引起對往昔故鄉兄弟
團聚快樂時光之憶念。但今人引用此詩時，多已轉義為：“故鄉
的月色特別皎潔明亮。”以表現遊子思鄉之情。

空　囊

【題解】

　　這是詩人自律自勉兼自慰自嘲的一幅自畫像，一篇宣言書。從中可見他貧賤不移、矢葆其高尚節操的可貴品格。

　　囊：錢袋。

【譯注】

翠柏苦猶食[1]，	翠柏柏實雖苦，仍採摘來吃，
明霞高可餐。	明亮的彩霞高潔，正好作早餐。
世人共鹵莽[2]，	世人急功近利，經常都不擇手段；
吾道屬艱難[3]。	我正道直行，注定遭受艱難。
不爨井晨凍[4]，	清晨不生火煮食，井旁都結了冰；
無衣牀夜寒。	牀上缺衣少被，夜裏十分寒冷。
囊空恐羞澀[5]，	袋裏空空如也，為怕面子難過，
留得一錢看[6]。	便留下一個大錢壓着。

　　〔1〕　“翠柏”二句：表明志行高潔，亦暗示生活困難。《列仙
　　　　　傳》：“赤松子好食柏實。”《楚辭·遠遊》：“漱正陽而餐朝
　　　　　霞。”又《離騷》：“朝飲木蘭之墜露兮，夕餐秋菊之落

英。"明：一作"晨"。高：一作"朝"。

〔２〕 鹵莽：草率粗疏，苟且馬虎。鹵，通"魯"。

〔３〕 道：既指信守的道理，亦指實際生活道路和境況：即一、二
句所言。這句與首聯呼應，說明"空囊"之故。以下即實寫
空囊之狀。

〔４〕 爨（cuàn竄）：燒火做飯。

〔５〕 羞澀（sè瑟）：害羞，不好意思。

〔６〕 看（平聲）：《杜臆》："阮孚持一錢皂囊遊會稽，客問囊中何
物，云：'但有一錢看囊，恐其羞澀。'看，猶守也。"

【評析】

在這首詩裏，詩人自道其立身處世為人的一貫準則，表明
自己雖遭困厄也決不隨俗浮沉，同流合污，率意妄為，而要保
持高尚的人格。聯繫前述"致君堯舜上，再使風俗淳"、"許身
一何愚，自比稷與契。……窮年憂黎元，歎息腸內熱"的志
向、抱負，便構成詩人終身信守的"修（身）齊（家）治
（國）平（天下）"之道的完整內涵。從中可見杜甫無論窮
達，都能既"獨善其身"，又心憂天下。這正是他能夠成為
"詩聖"的一個堅實的道德基礎。

首聯似諧而實莊，非仇注所謂"感慨無聊語"。尾聯才真
正帶幽默感，顯示此老"窮不奪志"的豁達襟懷。

杜甫生平與創作(下)

八、蜀中羈旅（49—57歲，上元元年至大曆三年正月，
公元760—768年）

（一）營居草堂

僕僕征途、"一歲四行役"的詩人入蜀之後，在親友資助
下，於上元元年（760）暮春建成草堂，終有了安居之所。草堂
坐落在成都郊外、萬里橋西、風景優美的浣花溪畔，同村有
八、九戶人家，環境清幽："背郭堂成蔭白茅，緣溪路熟俯青
郊。榿林礙日吟風葉，籠竹和煙滴露梢。暫止飛烏將數子，頻
來語燕定新巢。旁人錯比揚雄宅，懶惰無心作解嘲。"（《堂成》）
由於先後得到高適（歷任彭州刺史、蜀州刺史）、嚴武（上元
二年底為成都尹兼劍南東西川節度使）等人接濟幫助，生活較
為安定。

自長安十年以來，詩人飽經憂患，備歷滄桑，謳寫的多是
調子凝重、沉鬱、悲壯的《命運交響樂》、《英雄交響樂》
或《悲愴奏鳴曲》，現在雨過天青、雲散日出，眼前一亮，於
是終於譜出優雅、愉悅的《田園交響樂》。現在讓我們來欣賞
這些優美的詩章：

錦里煙塵外，江村八九家。圓荷浮小葉，細麥落輕花。

卜宅從茲老，為農去國賒。遠慚勾漏令，不得問丹砂。
（《為農》）

幽棲地僻經過少，老病人扶再拜難。豈有文章驚海
內，漫勞車馬駐江干。竟日淹留佳客坐，百年麤糲腐儒餐。
不嫌野外無供給，乘興還來看藥欄。（《賓至》）

清江一曲抱村流，長夏江村事事幽。自去自來梁上
燕，相親相近水中鷗。老妻畫紙為棋局，稚子敲針作釣鉤。
多病所須惟藥物，微軀此外更何求？（《江村》）

但有時也有不快意之事，從《狂夫》、《茅屋為秋風所破歌》等
可以見之：

八月秋高風怒號，卷我屋上三重茅。茅飛渡江灑江
郊，高者掛罥長林梢，下者飄轉沈塘坳。南村羣童欺我老
無力，忍能對面為盜賊，公然抱茅入竹去。唇焦口燥呼不
得，歸來倚杖自歎息。俄頃風定雲墨色，秋天漠漠向昏黑。
布衾多年冷似鐵，嬌兒惡臥踏裏裂。床頭屋漏無乾處，雨
腳如麻未斷絕。自經喪亂少睡眠，長夜沾濕何由徹？安得
廣廈千萬間，大庇天下寒士俱歡顏，風雨不動安如山。嗚
呼！何時眼前突兀見此屋，吾廬獨破受凍死亦足！（《茅屋
為秋風所破歌》）

時北方戰事仍呈膠着狀態。乾元二年（759）九月，東京及
濟、汝、鄭、滑四州又為叛軍攻陷。上元二年（761）三月，敵
軍內訌，史朝義殺其父思明，自任“大燕皇帝”，與唐軍之戰
互有勝負。遠在蜀中的詩人對時局依然十分關注：

野老籬邊江岸迴，柴門不正逐江開。漁人網集澄潭
下，估客船隨返照來。長路關心悲劍閣，片雲何意傍琴

臺？王師未報收東郡，城闕秋生畫角哀。（《野老》）
而憂國之思與思親之情又常常糾結在一起：

> 洛城一別四千里，胡騎長驅五六年。草木變衰行劍
> 外，兵戈阻絕老江邊。思家步月清宵立，憶弟看雲白日眠。
> 聞道河陽近乘勝，司徒急為破幽燕。（《恨別》）

除此以外，還寫了好些題畫、論詩的作品。杜甫在成都草堂前
期一住兩年半，作詩一百七十多首，有《戲題王宰畫山水圖
歌》、《不見》、《遭田父泥飲美嚴中丞》、《戲為六絕句》等。

代宗寶應元年（762）七月，嚴武還朝任京兆尹，甫遠送至
綿州（今四川綿陽），以“公若登台輔，臨危莫愛身”（《奉送
嚴公入朝十韻》）作臨別贈言。高適接任成都尹。李白卒於是
年十一月。

（二）避亂梓、閬

嚴武一走，成都兵變，杜甫只好在梓州（今四川三台）暫
避，秋末並迎家居梓。八月，房琯於重新起用入朝途中病逝閬
州（今四川閬中），甫九月往弔，成《祭故相國清河房公文》。

八月，高適平成都亂。十月，王師收復洛陽。廣德元年
（763）正月，史朝義兵敗自縊，部下相繼投降，歷時八年之久
的安史之亂終於結束。甫喜極而賦“生平第一快詩”《聞官軍收
河南河北》。

一波始平，一波又起：廣德元年七月，趁唐朝內亂之機而
坐大的吐蕃大舉犯境，盡取河西隴右之地，十月入長安，立偽
帝，大焚掠，代宗奔陝州（今河南陝縣）。後郭子儀反攻收復
長安。十二月，吐蕃又陷松（今四川松潘）、維（今四川理縣

北）、保（今理縣西南）三州及雲山二城。詩人賦《歲暮》詩，極表關切："歲暮遠為客，邊隅還用兵。煙塵犯雪嶺，鼓角動江城。天地日流血，朝廷誰請纓？濟時敢愛死，寂寞壯心驚！"大有"憑誰問，廉頗老矣，尚能飯否"的氣概。

廣德二年（764）春，甫從梓州遷至閬州，擬沿長江東下。三月，嚴武再鎮蜀（高適調回長安任職），並馳書相邀，因攜家重返成都草堂。

杜甫流寓梓、閬一帶共一年九個月，成詩一百六十餘篇，有《冬狩行》、《憶昔二首》、《別房太尉墓》等。

（三）重歸草堂

返回成都後，詩人把草堂重加修葺，準備長住。雖則風景依然，但吐蕃為患，時聞邊警，並非世外桃源。《登樓》（花近高樓傷客心）反映了詩人感傷國事的心境。

廣德二年六月，經嚴武表奏，杜甫被任為檢校工部員外郎、節度參謀，賜緋、魚袋，在嚴武幕府中任事。九月，嚴武擊敗吐蕃七萬軍馬，光復當狗城（今四川理縣東南），賦《軍城早秋》絕句："昨夜秋風入漢關，朔雲邊月滿西山。更催飛將追驕虜，莫遣沙場匹馬還。"甫有詩奉和。

十月，吐蕃、回紇入寇，京師一度戒嚴。戶部奏全國人口一千六百九十餘萬，較天寶十一載減少十分之七。是年，好友鄭虔卒於貶所台州，蘇源明餓死於長安。

由於小人生事，詩人幕府生涯並不愉快（從《莫相疑行》等詩可見），遂於永泰元年（765）正月辭歸草堂，回復村居生活。自言："白頭趨幕府，深覺負平生。"（《正月三日歸溪上有作》）高適於是月在長安去世。四月，嚴武暴病卒。甫頓失倚靠，決意離蜀。

後期居草堂一年稍多，成《丹青引》、《哭台州鄭司户蘇少監》等詩八十餘篇。與前期合計，寓成都不足四年，共作詩二百六十多首，收穫頗豐。

（四）東下雲安

永泰元年夏五月，杜甫把草堂留給相隨多年的弟弟杜占，自帶妻兒乘船東下。由岷江轉入長江，經嘉（今四川樂山）、戎（今瀘州）、渝（今重慶）、忠（今忠縣）諸州，至雲安（今雲陽）暫留養病，約半年之久。時因軍閥混戰，蜀中大亂，兵甲不息。

有《去蜀》、《旅夜書懷》、《三絕句》等詩。

（五）夔州居留

大曆元年（766）四月，離雲安至夔州（今四川奉節），一直留至大曆三年（768）正月。由於得到夔州都督柏茂琳優待，"頻分月俸"，可於瀼西置果園四十畝，又兼管東屯公田百頃，故生活較寬裕。開始居於山腰客堂，秋天移居城中西閣，次年（767）初又遷至城東赤甲山，三月賃居瀼西草堂，秋天再移居東屯茅屋：凡五次搬家。

詩人經多年波折，飽歷風霜，備嘗困苦，體質已每況越下：齒落，眼暗，耳聾；又患瘧疾、肺病、風痺、糖尿。但由於他意志堅毅，視創作如性命，且近期生活較安定，加上離別已久的三弟杜觀遠從長安來訪，並約定稍後再南來，兄弟可團聚於江陵（今屬湖北省），人逢喜事，故詩興有增無已，創作達至新高峯：在夔一年零八個月，寫詩四百五十餘篇，幾佔現存杜詩三分之一，平均不到兩天便作一首。尤其是七律，華章俊句，層見疊出；另出現五言百韻排律。技巧爐火純青，進抵"從心所欲不逾矩"境界。代表作有《秋興八首》、《諸將五首》、《詠懷古迹五首》等前無古人的七律組詩，《又呈吳郎》、《登高》等七律佳構，又有《壯遊》、《昔遊》、《遣懷》等回顧平生經歷之作，《偶題》等論詩之作，另還有《古柏行》、《觀公孫大娘弟子舞劍器行》等七古名篇及《八陣圖》、《存歿口號二首》等絕句佳製。

熟能生巧之下，並進而從事"拗律"的探索（如《白帝城最高樓》、《愁》等等），為後人開出眾多創新法門。

九、荊湘飄泊（57—58歲，大曆三年至四年，公元768—769年）

（一）離夔出峽

杜甫在夔州雖然可以安居，但出於落葉歸根的心態，無時不想念故鄉。這時，三弟觀有書信來，說已由藍田（今屬陝西省）接妻子抵達當陽（江陵屬縣），並一再催促杜甫前去團聚。甫喜出望外，賦詩道："馬度秦山雪正深，北來肌骨苦寒侵。他鄉就我生春色，故國移居見客心。歡劇提攜如意舞，喜多行坐白頭吟，巡簷索共梅花笑，冷蕊疏枝半不禁。"（《舍弟觀赴藍田取妻子到江陵喜寄三首》之二）亟盼聚首，情見乎辭。加上有從弟杜位、友人李之芳等在江陵，所以立下決心："正月中旬，定出三峽"。

（二）移居公安

大曆三年（768）早春，杜甫攜家別夔州，過三峽，於三月抵達江陵。但由於身體日衰，謀生不易，長期靠人接濟，"苦搖求食尾，常曝報恩鰓。結舌防讒柄，探腸有禍胎"（《秋日荆南述懷三十韻》），備受冷眼與羞辱，滋味極不好受。待到深秋，終於只得離去。沿長江南下，"移居公安山館"。其《舟出江陵南浦》詩説：

> 更欲投何處？飄然去此都。形骸元土木，舟楫復江湖。
> 社稷纏妖氣，干戈送老儒，百年同棄物，萬國盡窮途。……
> 棲託難高臥，饑寒迫向隅。……

想到外患內亂不斷的國家，想到饑寒交迫、無處容身的自己，心情十分悽愴。

（三）泊舟岳陽

公安在長江邊，為江陵屬縣。但"入邑豺狼鬥，傷弓鳥雀饑"（《移居公安敬贈衛大郎》），地方不靖，難以久居，故憩息數月後，於歲暮又繼續東下。船過洞庭湖時，寫了七言長古《歲晏行》。年底，到達岳陽（今屬湖南省）。泊舟城下，至次年正月。有《登岳陽樓》詩。

（四）湘水溯迴

大曆四年（769）正月，經洞庭湖南下，在湘陰（今屬湖南）憑弔湘妃祠，有詩。復溯湘江而上，經鑿石浦，過津口，宿花石戍，三月抵潭州（今長沙市）。適逢清明，成《清明二首》。不久繼續南下，"夜醉長沙酒，曉行湘水春。岸花飛送客，檣燕語留人"（《發潭州》），在暮春時節向衡州（今衡陽市）進發，擬投靠早年遊山西結識的友人、現任州刺史韋之晉。經衡山，成《望嶽》詩。船到衡州，韋已移任潭州刺史，只好折返潭州。四月，韋病故，作詩哭輓。秋天，蘇渙慕名到舟中相訪。甫聞其誦詩，"才力素壯，辭句動人"，殷殷作金石聲，大為傾倒，"賦八韻記異"。

此年，岑參卒於成都。

十、客死孤舟（59歲，大曆五年，公元770年）

大曆五年（770）正月，重睹亡友高適十年前贈詩，"淚灑行間"，賦《追酬故高蜀州人日見寄詩》云："東西南北更誰論，白首扁舟病獨存。遙拱北辰纏寇盜，欲傾東海洗乾坤！"憂傷國運之心，無時或已。暮春，於江南採訪使筵上遇歌唱家李龜年，感賦絕句。

四月八日夜，湖南兵馬使臧玠殺潭州刺史，全城大亂，甫與蘇渙同往衡州避難（後渙南下廣州）。時舅父崔偉攝郴州（今屬湖南）刺史，來信相邀，遂離衡南下，溯耒水而上。中途遇大水，泊舟耒陽縣方田驛，五日不得食。縣令聶某派人送酒肉慰問，甫有詩致謝。因阻水無法前行，乃迴棹北歸。

深秋，離潭州歸秦，賦詩"留別湖南幕府親友"。仲冬卒於赴岳陽舟中，"旅殯岳陽"，終年五十九歲。《風疾舟中伏枕書懷三十六韻奉呈湖南親友》為其絕筆。四十三年後（813），始由其孫嗣業移柩歸葬偃師。

　　最後這三年，成詩一百五十首。

狂　夫

【題解】

　　狂夫，是作者自嘲語，猶云"疏狂漢子"。這首詩寫於上元元年（760）夏天，草堂建成後不久。描繪四周環境風光及自己生活景況。由詩中可見，詩人並無固定收入，也沒有別的經濟來源，只靠別人支持，如接濟一斷，便馬上陷於困境。不過儘管如此，卻仍不改其故態──此即所以為"狂"罷。

【譯注】

萬里橋西一草堂[1]，	這所草堂就在萬里橋西面，
百花潭水即滄浪[2]。	百花潭水便是我的"滄浪之水"。
風含翠篠娟娟淨[3]，	含風的綠竹顯得優雅潔淨，
雨裛紅蕖冉冉香[4]。	霑雨的紅蓮透出澹澹幽香。
厚祿故人書斷絕，	高官厚祿的朋友斷絕了聯絡，
恒飢稚子色淒涼[5]。	經常捱餓的小孩子臉色淒傷。
欲填溝壑惟疏放[6]，	快要窮厄而死，還老是疏懶縱放，
自笑狂夫老更狂。	真該笑我這狂漢是越老越癲狂了。

　　〔1〕　萬里橋：在成都南郊。《元和郡縣志》："劍南道成都府：萬

里橋，架大江水，在縣南八里。蜀使費禕聘吳，諸葛亮祖之。禕歎曰：'萬里之路，始於此橋。'因以為名。"草堂：在成都西南郊七里，浣花溪水西岸。杜甫《西郊》："時出碧鷄坊，西郊向草堂。"

〔２〕 百花潭：浣花溪一段的別名。作者《懷錦水居止二首》其一："萬里橋西宅，百花潭北莊。"滄浪（平聲）：用《孟子·離婁》孺子歌語意："滄浪之水清兮，可以濯我纓；滄浪之水濁兮，可以濯我足。"

〔３〕 篠（xiǎo小）：細小的竹子。娟娟：美好的樣子。鮑照《翫月城西門廨中》："娟娟似娥眉。"淨：一作"靜"。

〔４〕 裛（yì邑）：霑濕。蕖（qú渠）：荷花。冉冉（rǎnrǎn染染）：漸次的樣子。

〔５〕 稚子：指作者的孩子。長子宗文生於天寶九載（750），次子宗武生於天寶十二載（753）；另還有兩個女兒。

〔６〕 填溝壑：指代死亡；溝壑，野死之處。《戰國策·趙策》："願及未填溝壑而託之。"疎放：疎於禮節，放浪形骸。向秀《思舊賦》："嵇志遠而疎，呂心曠而放。"（嵇，嵇康；呂，呂安。均晉代名士。）

【評析】

仇兆鰲説："上四言草堂之景，聊堪自適；下因客況艱難而託為笑傲之詞。"（《杜詩評注》）將此詩與《空囊》合看，可知杜甫之"狂"，既有清介自持、不肯鹵莽苟得的一面，也有疎懶放逸、不善營生的一面：優點中實包含着缺點。作者詩：

"計拙無衣食，途窮仗友生。"（《客夜》）便頗有自知之明。

羅大經《鶴林玉露》云："'風含''雨裛'一聯，上句風中有雨，下句雨中有風，謂之互體。楊誠齋詩：'綠光風動麥，白碎日翻池。'風日互映，亦本於此。但杜本無心，楊則有意矣。"按，"有意"本亦無妨，但須自然穩切。誠齋詩上句大有佳處，下句則稍嫌造作矣：其失在此。

客　至

【題解】

　　原注："喜崔明府相過。"明府為唐人對縣令的尊稱。這崔
明府有說可能是詩人的舅父崔十九（甫攜家逃難時，曾寄寓於
其在白水縣的"高齋"），所以特別顯得親切、融洽。

　　詩作於上元二年（761）春日。

【譯注】

舍南舍北皆春水[1]，	草堂南北都是春水繁漾，
但見羣鷗日日來[2]。	只見成羣鷗鳥天天飛來。
花徑不曾緣客掃[3]，	花間小路尚未為訪客而灑掃過，
蓬門今始爲君開[4]。	簡陋的門户今天是為您首次打開。
盤飧市遠無兼味[5]，	這裏離市集遠，抱歉沒有多樣菜餚招待，
樽酒家貧只舊醅[6]。	因為家裏窮，只有平日釀下的陳酒。
肯與鄰翁相對飲[7]，	如果願和鄰舍老翁對喝的話，
隔籬呼取盡餘杯。	我便隔着籬笆喊他過來，和您乾杯。

　　〔1〕　草堂位於浣花溪西岸水流曲處，故"南北皆春水"。杜甫
　　　　《江村》："清江一曲抱村流。"又《卜居》："浣花溪水水西

頭，主人為卜林塘幽。"

〔２〕 鷗：水鳥名，羽毛多為白色，活動於湖海上，以捕食魚、螺等為生。這裏暗用《列子》"鷗鳥忘機"的典故。

〔３〕 緣：因為。

〔４〕 蓬門：編蓬草為門户，形容居處簡陋。

以上兩句既言訪客稀少，亦見自己不隨便接待來人。凸顯題注的"喜"意。

〔５〕 盤飧（sūn孫）：泛指菜餚。飧，熟食。兼味：重味，即兩種菜餚（或以上）。

〔６〕 舊醅（péi培）：舊酒。醅，沒過濾的濁酒。古人喜喝新酒，故這裏以只有舊醅為歉。

〔７〕 鄰翁：草堂北鄰是姓王的縣令，南鄰是朱山人，都喜喝酒。杜甫有《北鄰》、《南鄰》詩。

【評析】

從無客而迎客而款客而留客，全詩一氣相生，從容直下，令人忘其為對，具見作者喜悦之情。與《聞官軍收河南河北》有相似之處。

春夜喜雨

【題解】

這大概也是上元二年〔761〕春天所作，恬靜優美，體物入微，詩人的心思已與造化融為一體。

【譯注】

好雨知時節，	好雨像知道時令季節似的，
當春乃發生[1]。	正當春天便及時降下，化生萬物。
隨風潛入夜，	在夜間隨風悄然而至，
潤物細無聲。	輕細無聲地潤澤一切。
野徑雲俱黑，	村野小路在陰雲籠蓋下，都黑黝黝的，
江船火獨明。	惟有江船一點燈火特別明亮。
曉看紅濕處，	到明朝，看見那濕漉漉的團團紅暈，
花重錦官城[2]。	便知是錦城的花枝，濡雨低垂。

〔1〕 乃：一作"及"。發生：萌動滋生。張衡《東京賦》："既春遊以發生，啟諸蟄於潛動。"又作春天的別名。《爾雅·釋天》："春為發生，夏為長贏，秋為收成，冬為安寧。"

〔2〕 花重：形容花枝帶雨沉甸甸下垂的樣子。梁簡文帝《賦得

入階雨》詩：“漬花枝覺重。”錦官城：成都的別稱。古代成
都以產織錦著名，朝廷在此設錦官專理其事，故稱。

【評析】

　　前四句用擬人法，寫春夜雨至的情景：“潛”、“潤”、“細”
是精心琢磨之字，所謂“詩眼”。“徑黑”、“火明”兩句用對
比法，描繪雨中夜景。“紅濕”、“花重”用渲染法，想像雨後
晨景。全詩以時間為線索，由夜而曉。前半是直接描寫，形神
兼備；後半從側面烘托，遺貌取神：合成一幅春風夜雨圖。詩
人喜悅之意，則滲透其內，盡在不言中。

贈花卿

【題解】

花卿，名花敬（一作驚）定，成都尹崔光遠部將，勇猛而狂肆。上元二年（761）四月，梓州（今四川三台縣）刺史段子璋叛亂，襲破綿州（今綿陽），自稱梁王，改元黃龍，置百官，以綿州為黃龍府。五月，崔光遠率牙將花敬定攻拔綿州，斬子璋。杜甫《戲作花卿歌》：「子璋髑髏血糢糊，手提擲還崔大夫」，即指其事。卿，為對男子的美稱。

楊慎《升菴詩話》云：「花卿在蜀，頗僭用天子禮樂，子美作此諷之，而意在言外，最得詩人之旨。當時錦城妓女，獨以此詩入歌，亦有見哉。」《錢注杜詩》：「唐曲‘水調歌’，後六疊入破第二，即此詩，見郭茂倩《樂府詩集》。」

【譯注】

錦城絲管日紛紛[1]，	錦城的弦管天天響個不停，
半入江風半入雲[2]。	一半隨江風遠颺，一半直透雲霄。
此曲祇應天上有，	這種音樂應當上界天庭才有，
人間能得幾回聞？	人世間能有幾次機會聽到？

〔1〕 錦城：即錦官城，成都的別稱。絲：弦樂器，如琴、箏等。
管：管樂器，如簫、笛等。這句形容演奏次數之多，時間之
長。

〔2〕 這句形容樂隊龐大，樂音清亮，傳播廣遠。

【評析】

《杜詩詳注》引焦竑說：“花卿恃功驕恣，杜公譏之，而含
蓄不露，有風人‘言之無罪，聞者足戒’之旨。公之絕句百餘
首，此為之冠。”楊慎則直指其為譏“僭用天子禮樂”（沈德潛
《杜詩評鈔》同）。但此事史無明文，故近人注本多採黃生之
說，而謂譏刺說為“牽強附會”。黃生《杜詩說》云：“當時梨
園弟子，流落人間者不少，如‘寄鄭（審）李（之芳）百韻’
詩：‘南內開元曲，當時弟子傳。’自注云：‘都督柏中丞筵，聞
梨園弟子李仙奴歌。’所云‘天上有’者，亦即此類。蓋贊其
曲之妙，應是當時供奉所遺，非人間所得常聞耳。顧況《李供
奉笒篌歌》云：‘除卻天上化下來，若向人間實難得。’蓋以天
樂比之，杜甫正如此類。”

按，說“僭用天子禮樂”固然有點望文生義，但認為此詩
單純“贊美歌曲之妙”，“形容樂曲美妙無比”（見蕭滌非《杜甫
詩選注》、山東大學中文系古典文學教研室《杜甫詩選》、鄧
魁英、聶石樵《杜甫選集》等等）卻更有違杜甫之深心。因
為：（1）花卿“恃功驕恣”，史有明載：花敬定“恃勇，既誅
子璋，大掠東蜀，天子怒光遠不能戢軍，乃罷之”（《舊唐書‧
高適傳》）；花敬定“將士肆其剽劫，婦女有金銀臂釧，兵士

皆斷其腕以取之，亂殺數千人，光遠不能禁"（同上，《崔光遠傳》）。而杜甫此前寫的《戲作花卿歌》："子璋髑髏血糢糊，手提擲還崔大夫。……人道我卿絕世無。既稱絕世無，天子何不喚取守東都？"除稱其勇外，也諷意顯然。對這樣一個兇悍的武夫，杜甫斷無忽又全盤頌美之理。（2）花敬定不是歌者或樂師，豈會全詩四句均讚揚其樂曲美妙？故顧況之《李供奉箜篌歌》、劉禹錫《田順郎歌》、《與歌者何戡》等等實不宜拿來與之簡單類比。此詩之"曲"，可指曲調，亦可引申指演奏之陣容、排場；所謂"天上"，可指宮廷，亦可指仙界。不必拘定一隅。（3）安史亂後，杜甫凡提及昔日宮廷歌舞之事，必有感慨寓焉，如《觀公孫大娘弟子舞劍器行》、《江南逢李龜年》等皆是，若《贈花卿》果如黃生所言，祇"讚其曲之妙，應是當時供奉所遺，非人間所得常聞"而已，便意太浮淺，實不類老杜所為。

　　根據以上三點理由，可見諸家注釋中，還是以浦起龍《讀杜心解》之理解較為妥貼。浦云："僭禮樂事無考，但其人驕恣，必多非分之奢淫耳。"這首詩，便是藉音樂為題，巧妙地譏刺花敬定狂肆悖亂、驕奢淫佚的行徑的。因為意在言外，十分含蓄，故可公然贈此一介武夫，花亦懵然不覺；就算萬一察覺，也難以入罪。

聞官軍收河南河北

【題解】

代宗寶應元年（762）十月，唐軍收復東都洛陽及汴、鄭、滑、相、魏等州，安史叛軍敗退回河北老巢。廣德元年（763）正月，窮途末路的史朝義被迫在溫泉柵（今河北灤縣南）樹林中自縊，偽范陽尹李懷仙斬其首來獻，請降，於是河北州郡悉平。歷時近八年之久的安史之亂終告結束。杜甫於梓州（今四川三台縣）聞訊，喜極而賦此詩。

【譯注】

劍外忽傳收薊北[1]，	在劍南忽然傳來收復薊北的消息，
初聞涕淚滿衣裳。	剛聽到時，激動的淚水灑滿衣裳。
卻看妻子愁何在[2]，	回頭看看妻兒，愁容都不知哪去了，
漫卷詩書喜欲狂[3]。	隨手收捲起詩書，開心得要發狂。
白日放歌須縱酒[4]，	白天放聲歌唱，還得開懷痛飲，
青春作伴好還鄉[5]。	爛漫春光正好伴我還鄉。
即從巴峽穿巫峽[6]，	馬上乘船從巴峽穿過巫峽，
便下襄陽向洛陽[7]。	便可東下襄陽，再轉向洛陽。

〔１〕 劍外：指劍門關以南地區，又稱劍南。薊（jì計）：薊州（今
　　　　河北薊縣）。薊北泛指今河北省北部一帶，為安史叛軍的根
　　　　據地。

〔２〕 卻：有返回之意。如杜甫《自京竄至鳳翔喜達行在所三首》
　　　　之一："無人遂卻回。" 又《羌村三首》之二："畏我復卻
　　　　去。" 皆然。

〔３〕 漫卷：隨意收拾，胡亂捲起。描摹匆遽之態。卷，同"捲"。
　　　　唐代未有印板書，詩書都是手寫的卷軸。

〔４〕 日：一作"首"。

〔５〕 青春：春天。其色青蔥，故云。

〔６〕 巴峽：嘉陵江下游一段，江流曲折如巴字，"亦曰巴江，經峻
　　　　峽中，謂之巴峽"（《太平御覽》引《三巴記》）。杜甫如從
　　　　梓州入長江，必須經此。巫峽：長江三峽之一，在今四川巫
　　　　山縣東。

〔７〕 襄陽：今湖北襄樊市。杜甫先祖曾居襄陽。洛陽：作者原
　　　　注："余田園在東京。" 杜甫曾祖依藝為鞏縣令，遂落籍於
　　　　彼，但杜家莊園、盧墓則在洛陽附近的偃師縣首陽山下。

末兩句預想還鄉路線：由梓州經涪江、嘉陵江，東南入長江，穿三
峽，北折襄陽，再由陸路返洛陽。

【評析】

《杜詩詳注》引顧宸説："此詩之 '忽傳'、'初聞'、'卻
看'、'漫卷'、'即從'、'便下'，於倉卒間寫出欲歌欲哭之
狀，使人千載如見。" 又引王嗣奭説："此詩句句有喜躍意，一

氣流注，而曲折盡情，絕無粧點，愈樸愈真，他人決不能道。"

浦起龍《讀杜心解》説："八句詩，其疾如飛。題事只一句，餘俱寫情。……生平第一首快詩也。"

按，所謂"快"，是指內容的歡快，心情的痛快，表達上自然也是行雲流水般一氣呵成地非常暢快。詩人此際心扉盡開，多年鬱積的情感如決堤之水，不羈之馬，奔騰直下，大有"嗟歎之不足，故詠歌之；詠歌之不足，不知手之舞之足之蹈之也"之概。

作者功夫老到，雖衝口而出，也斐然成章；後六句全為對偶，卻令人不覺。末聯更寫出還鄉路程，喜極，故不嫌説盡。此等詩，未宜以"含蓄"求之也。

征　夫

【題解】

　　廣德元年（763）秋，杜甫自梓州到閬州（今四川閬中）弔唁房琯，留至年底返回，這首詩初冬作於閬州。時吐蕃正大肆興兵犯境，繼十月一度攻陷長安後，現正又圍攻松州（今四川松潘）。由於戰情危急，蜀地男丁多被徵入伍，百姓流離失所，四野騷然。

　　征夫：指出征的士兵。

【譯注】

十室幾人在？	十户裏還剩下幾個人在？
千山空自多[1]。	千山萬嶺〔渺無人煙，〕多亦枉然。
路衢惟見哭[2]，	街道上祇見人們在哭泣，
城市不聞歌。	城市中聽不見歌聲。
漂梗無安地[3]，	百姓四下流離，沒有安身之處，
銜枚有荷戈[4]。	看到的都是荷戈奔走的士兵。
官軍未通蜀[5]，	官軍還未能打通蜀道，
吾道竟如何[6]？	我的路究竟該怎麼走啊？

〔1〕 千山：蜀地多為山區，故山多。空：徒然。

〔2〕 衢（qú渠）：大路。

〔3〕 漂梗：喻四處流浪。梗，樹枝。《説苑》：“土偶謂桃梗曰：‘子東園之桃也，刻子以為梗，遇天大雨，必浮子，泛泛乎不知所止。’”這句既寫居民離散，亦慨歎自己到處流寓。

〔4〕 銜枚：枚狀如筷子，古代行軍時令戰士橫銜之，以止言語喧嘩。《周禮·夏官·大司馬》：“徒銜枚而進。”

〔5〕 時長安到蜀地的道路已被吐蕃軍阻斷。

〔6〕 吾道：既指實際經行的道路，亦指自己秉持的理念和未來生活路向。《史記·孔子世家》：“（孔子）問曰：詩云‘非兕非虎，率彼曠野’。吾道非耶？吾何為於此？”作者《秦州雜詩二十首》其四：“萬方聲一概，吾道竟何之？”

【評析】

　　安史之亂剛平，吐蕃之禍又起。哀哉，苦難的中華！哀哉，苦難的百姓！

116

旅夜書懷

【題解】

永泰元年（765）五月，杜甫離開前後居住了三年多的成都草堂，攜家沿江東下，經渝州（今四川重慶）、忠州（今四川忠縣），至雲安（今四川雲陽）暫留。這首詩即寫旅途之夜，在船中所見所感。無愧大手筆之作。

【譯注】

細草微風岸，	微風輕拂岸上的淺草，
危檣獨夜舟[1]。	夜裏，獨泊着一艘桅桿高高的航船。
星垂平野闊，	星宇四垂，原野遼闊，
月湧大江流。	月波騰湧，大江奔流。
名豈文章著[2]？	我哪裏因文章享有名聲？
官應老病休[3]。	倒是年老多病，早該退休不當官了。
飄飄何所似？	這樣到處飄流，像甚麼呢？
天地一沙鷗。	茫茫天地間，一隻小小的沙鷗。

〔1〕　危：高。檣（qiáng牆）：桅桿。

〔2〕　句意猶作者《賓至》："豈有文章驚海內。"自信而出以自謙。

117

〔3〕 這是負氣的話。杜甫任左拾遺，因疏救房琯、得罪皇帝而落職；任節度參謀、檢校工部員外郎，又因與幕府中的小人齟齬而辭職，都跟“老病”無關。相反，不久前他還有“天地日流血，朝廷誰請纓？濟時敢愛死？寂寞壯心驚”(《歲暮》)以及“日暮聊為梁甫吟”(《登樓》) 的詩句，表示壯心不已呢。

《杜詩詳注》引顧注云：“名實因文章而著，官不為老病而休，故用‘豈’、‘應’二字反言以見意，所云‘書懷’也。”

【評析】

此詩用筆如椽，沉鬱悲放。前半描寫旅泊夜景：一、三句岸上，二、四句江中；“細”“微”、“危”“獨”與“垂”“闊”、“湧”“流”各四字，分別構成幽獨與雄闊的境界而形成鮮明對比，“星垂”一聯力能扛鼎，是全詩最強音。後半抒懷：五、六句，無可奈何中透顯磊落不平之氣；最後自傷飄泊，天地之大，不知何處容身！

同是以鷗鳥自比，“白鷗沒浩蕩，萬里誰能馴”(《奉贈韋左丞丈二十二韻》) 表現的是作者“年青氣盛”時自信自負、“傲睨宇宙”的意態；而此詩“飄飄何所似？天地一沙鷗”，則令人感到有前途茫茫的失落感。可見歲月不饒人，多年疾病和困苦境遇的折磨，已在他心靈上刻下深深的印迹。另外，也說明了同樣的素材，因應不同的處理，可獲得多樣的藝術效果：所謂“運用之妙，存乎一心”者，此為一例。

又呈吳郎

【題解】

　　這是杜詩最富人情味的作品之一。

　　大曆二年（767）秋，為便於管理東屯公田，杜甫從夔州的瀼西草堂移居東屯（距白帝城四、五里），將原居草堂借與剛從忠州來的表親、任職司法參軍的吳某居住。入住後，吳即在堂前築籬，以防外人騷擾。杜甫聞訊，便以此詩代簡，委婉勸他憐恤貧困無依的鄰居寡婦，讓她能繼續前往打棗。因為作者在此前寫過《簡吳郎司法》一詩，所以這首題作"又呈"。

【譯注】

堂前撲棗任西鄰[1]，	就由得西鄰老婦來堂前撲打棗子吧，
無食無兒一婦人。	她是位膝下無依、衣食無着的寡婦。
不為困窮寧有此[2]？	不是窮得沒法子，又怎會這樣兒呢？
祇緣恐懼轉須親。	正由於她害怕，所以更要顯得親切些。
即防遠客雖多事[3]，	對遠來的客人馬上存戒心，固然顯得多慮，
便插疏籬卻甚真。	但一住下便安上籬笆，也真像要禁止她來打棗似的。
已訴徵求貧到骨[4]，	平日已訴説，官府的徵斂令人窮到極點，

119

正思戎馬淚盈巾[5]。　　　我想到戰亂綿延，不由得淚滿衣巾。

〔1〕 任西鄰：杜甫遷居前寫的《秋野》詩云："棗熟從人打。"
　　　可見是老規矩。
〔2〕 寧：豈，怎。此：指打棗之事。
〔3〕 遠客：指吳郎。多事：過慮，多此一舉。
〔4〕 徵求：徵斂；指官府賦稅的搜刮盤剝。這句是追述鄰婦平
　　　日的話。作者《白帝》詩："哀哀寡婦誅求盡。"與此意同。
〔5〕 戎馬：指代戰爭。戎，軍隊，軍事。

【評析】

　　杜甫有博大的胸懷，雖然經常身無半文，卻心憂天下，對
家人、朋友、黎民百姓，甚至對戰亂中落難的皇室、貴族
（《哀江頭》、《哀王孫》），逼上梁山的"強人"（"不過行儉
德，盜賊本王臣"——《有感五首》其三）都充滿愛心，所以梁
啟超稱之為"情聖杜甫"，洵非虛譽。通過本詩，我們可再次
深深體會到這一點。
　　詩人並非腰纏萬貫的富翁，未能作大手筆的慈善捐款，但
正是從日常生活對普通人極微細的關懷體恤中，足以見微知
著，看到他的真情至性。在本詩裏，他不但對貧苦無依的鄰居
老寡婦感同身受地加以曲諒、同情，對吳郎也是委婉勸諭，善
意迴護，留足面子。既無矜誇，又不造作，真正是一片"藹然
仁者之言"。最後更從個別窮婦人的遭遇進而想到普天下久困
賦役和戰禍的貧民百姓的厄境，想到國家艱危的前途，展示出

詩人無時無刻不在關懷國運、憂念民生的寬闊的精神世界。

這首詩幾乎"全說白話"(郭曾炘《讀杜札記》)，但妙在絲絲入扣，委曲盡情，對仗又自然工切。可見杜甫寫律詩的技巧至此已達到濃淡皆宜、爐火純青、"從心所欲不逾矩"之境界。這種"白描七律"，對後來白居易、杜荀鶴的創作有直接影響。

歸　雁

【題解】

　　這是大曆三年（768）春作者離夔出峽以後的作品，表明他無時無刻不想返回故鄉。

【譯注】

東來萬里客，	萬里飄流到東方來的旅人，
亂定幾年歸？	還要等多久戰亂平息才歸鄉？
腸斷江城雁，	江城的大雁令人一見淒傷，
高高向北飛。	牠們正高高地向着北方飛翔。

【評析】

　　詩人因看見鴻雁北歸而牽動思鄉的愁腸。首二句自問，三四句倒點引起自問的因由。神味清遠。

登岳陽樓

【題解】

　　杜甫於大曆三年（768）早春攜家別夔州，出三峽，於三月至江陵（今屬湖北省），暮秋移居公安（江陵屬縣），至歲暮抵達岳陽（今屬湖南省），泊舟城下。曾登上城樓觀賞憑眺，寫成此詩。

　　岳陽樓：岳陽城西門樓，下臨洞庭湖（見《岳陽風土記》）。《太平寰宇記》載："岳陽樓……唐開元四年，中書令張說除守此州，每與才士登樓賦詩，自爾名著。"張說有《岳陽早霽南樓》、《登南樓》等詩存世。

【譯注】

昔聞洞庭水，	從前已聽說洞庭湖的大名，
今上岳陽樓。	今天真正登上岳陽樓。
吳楚東南坼[1]，	東面吳疆、南面楚境於此截然分隔，
乾坤日夜浮[2]。	天地在其中日夜飄浮。
親朋無一字，	親朋戚友全無半點兒音訊，
老病有孤舟[3]。	我年老多病，只有孤舟為伴。
戎馬關山北[4]，	關河以北仍是戰禍不斷，

憑軒涕泗流[5]。　　　　　我倚着軒窗眺望，不禁涕淚交流。

〔1〕 吳楚：指春秋時吳、楚兩國之地，即今長江中下游的江
蘇、浙江、安徽、江西、湖北、湖南一帶。坼（chè澈）：
裂開；此指分隔。《史記‧趙世家》："地坼東南百三十
步。"洞庭湖實際在楚境，吳國在楚國之東。這句言"東南
坼"，下句言"日夜浮"，都是帶藝術誇張的宏觀描繪。

〔2〕 乾坤：天地，宇宙。《水經注‧湘水》："（洞庭）湖水廣圓
五百餘里，日月若出沒於其中。"

〔3〕 老病：時杜甫年五十七歲，先後患肺病、瘧疾、風痺、消
渴（糖尿）、耳聾、右臂偏癱等疾病，健康狀況已越來越
差。

〔4〕 戎馬：指代戰爭。戎，軍隊，軍事。關山北：本年八、九
月，吐蕃侵犯西北境靈武、彬州等地，京師戒嚴，後唐軍
反攻告捷，京師才解嚴。

〔5〕 軒（xuān喧）：有窗的長廊或小室。王粲《登樓賦》："憑
軒檻以遙望兮。"泗（sì四）：鼻涕。

【評析】

上四句，登樓所見，下四句，憑眺所感；所見甚大，所感
甚深。既寫出岳陽樓、洞庭湖之勝概，又緊扣時代環境脈搏與
個人身世特點，抒發獨特、深刻的感受，氣勢宏闊，形象鮮
明，因此成為傳世之名作，與後來范仲淹的《岳陽樓記》，並
有千古。

仇注引趙汸説：“公此詩，同時惟孟浩然臨洞庭所賦足以相敵。……浩然詩云：‘八月湖水平，涵虛混太清。氣蒸雲夢澤，波撼岳陽城。欲濟無舟楫，端居恥聖明。坐看垂釣者，徒有羨魚情。’”按，孟詩固佳，“氣蒸”一聯氣勢尤大，但只及於岳陽；而杜詩“吳楚”二句既切定洞庭，又涵蓋整個宇宙，直有“席卷天下，包舉宇內，囊括四海之意”；後半由個人孤獨艱困境遇拓開，與天下百姓同其苦樂，更為孟詩所無。所以平心而論，杜詩應是後來居上。

江南逢李龜年

　　李龜年是當時的名歌手。《明皇雜錄》云：“開元中，樂工李龜年、彭年、鶴年兄弟三人，皆有才學盛名。彭年善舞，鶴年、龜年善歌，特承顧遇，於東都大起第宅。其後龜年流落江南，每遇良辰勝景，為人歌數闋，座中聞之，莫不掩泣罷酒。杜甫嘗贈詩。”又據《雲溪友議》：“李龜年奔江潭，曾於湖南採訪史筵上唱‘紅豆生南國……’皆王維所作也。”可見此詩是大曆五年（770）暮春在潭州（今長沙）時作。到冬天，杜甫便與世長辭了。“落花”之言，竟成詩讖，傷哉！

【譯注】

岐王宅裏尋常見[1]，	岐王府上曾經常見到你演唱，
崔九堂前幾度聞[2]。	在崔滌廳堂前幾次欣賞過你的歌聲。
正是江南好風景[3]，	如今，恰是在山清水秀的江南之地，
落花時節又逢君。	這落花時節，又和你相逢。

〔1〕　岐王：唐玄宗之弟李範，“好學工書，雅愛文章之士”（《舊唐書·睿宗諸子傳》）。邸宅在東都洛陽尚善坊。

〔2〕 崔九：原注：“崔九，即殿中監崔滌，中書令湜之弟。”有宅在洛陽遵化里。

按，兩句是回憶少年往事：李範、崔滌均卒於開元十四年（726）。

〔3〕 江南：指江湘之間（錢謙益注）。江南好風景：即“好風景之江南”。定語（修飾語）後置。作者《柯南夕望》：“湖南清絕地，萬古一長嗟。”

【評析】

這首詩前後部分形成昔盛今衰的鮮明對比，一結無限感愴：“落花時節”，明點春殘時令，而暗藏年華老去、身世飄零、社會喪亂、國運銷沉種種喻意。全體風華掩映，情韻雙絕，雖李白、王昌齡等盛唐絕句高手，亦無以過之。昔人稱“子美七絕，此為壓卷”（沈德潛《杜詩評鈔》引邵子湘語），誠有道理。

李杜交情及其三宗疑案

　　李白、杜甫兩顆天皇巨星在盛唐天宇的相遇相輝，被視作千古騷壇盛事，但有關兩人的實際關係與交情深淺等問題，卻一直存在不同的看法。以下是其中最具爭議性的三大疑點：

　　1. 是否杜甫一廂情願，自作多情，故對李白贈詩多首，而李實不把杜放於眼中和心上（只贈杜二首）？

　　2. 李瞧不起杜：寫“飯顆山頭”詩對之諷刺挖苦。

　　3. 杜瞧不起李：以陰鏗、鮑照、庾信和他相比，要與之“細論文”；又對他頗有微辭，勸其勿“飛揚跋扈”。

　　事實真相到底如何？我們不妨認真探究一番，以求其真是。

一、關於“李冷杜熱”問題

　　李、杜二人於天寶三載（744）四月在洛陽結識，秋天同遊梁、宋（今河南開封、商丘一帶），次年，同遊齊、魯（今山東省），至秋天相別，以後即未再見。故交遊頗為短暫，實不足兩年。下面先看兩人互贈之篇什。

甲、李贈杜

　　天寶四載（745）深秋，李白、杜甫在兗州（今山東兗州縣）城東石門分袂，李白有詩贈別：

醉別復幾日，登臨遍池臺。何時石門路，重有金樽
開？秋波落泗水，海色明徂徠。飛蓬各自遠，且盡手中杯。

（《魯郡東石門送杜二甫》）

其後又寫詩寄懷：

我來竟何事，高臥沙丘城。城邊有古樹，日夕連秋聲。
魯酒不可醉，齊歌空復情。思君若汶水，浩蕩寄南征。

（《沙丘城下寄杜甫》）

乙、杜贈李

杜集一千四百餘首詩中，與李白有關的共十五首。其中專
門寄懷者十首（加＊號），詩中提到李白的有五首，可見感情
之深厚。茲將這些作品列舉如下：

創作時間	年齡	作品
天寶三載（744）	三十三	贈李白（二年客東都）＊
天寶四載（745）	三十四	與李十二白同尋范十隱居＊ 贈李白（秋來相顧尚飄蓬）＊ 冬日有懷李白＊
天寶五、六載 （746—747）	三十五、 六	春日憶李白＊ 送孔巢父謝病歸遊江東兼呈李白 飲中八仙歌
至德二載（757）	四十六	薛端薛復筵簡薛華醉歌
乾元二年（759）	四十八	天末懷李白＊ 夢李白二首＊ 寄李十二白二十韻＊
上元二年（761）	五十	不見（不見李生久）　＊
大曆元年（766）	五十五	昔遊 遣懷

據此，是否可說兩人贈詩數量相去懸殊，故足見杜甫自作多情（甚至自討沒趣）？答案是否定的。由三點情況可加證明：

1. 以兩人身分、地位看：李白比杜甫大十一歲，是前輩，又當過受皇上特殊禮遇的翰林學士，是名滿天下的大詩人；而杜甫當時只是三十出頭的後生，在文壇初露頭角。

2. 從性格看：杜甫為人忠厚、熱誠、執着，極篤於情義；李白則曠達浪漫，交遊廣闊，加上十分高傲自負，對當世詩人除孟浩然外，沒幾個瞧得上眼。

據以上兩點來看，杜贈李三、五首（同遊時三首，別後不久相憶兩首；同遊之三首無甚頌揚語）未為多，李贈杜兩首也不算少。何況李白兩詩很有感情，誠屬難得。

3. 再和其他詩人比較：杜甫有詩贈王維（《奉贈王中允維》），但王無酬答。杜與高（適）、岑（參）都相識於微時，非常要好，且一直有聯繫交往，杜前後又曾贈詩多首，但岑參只在與甫同任諫官時才有一首報章（《寄左省杜拾遺》，甫立有和作。順提一句，岑之右補闕職是由杜甫帶頭推薦才當上的）。而高適也要到晚年在蜀當官時才以兩詩酬贈（《人日寄杜二拾遺》、《贈杜二拾遺》）。古人云："毋金玉爾音，而有遐心。"（《詩·小雅·白駒》）杜甫不但仕途坎坷，在文壇也是何等寂寞啊！（難怪會在《南征》詩中慨嘆："百年歌自苦，未見有知音。"）相形之下，交往只一年多的李白對杜甫已是青眼相加了，又何來"不放在眼內"呢？

尤其不可不知的是，杜甫後期五首憶念之作，全是在李白因永王璘事被拘囚繫獄、流放夜郎的落難時期寫的。在讒謗交摧、"世人皆欲殺"之際，杜甫卻伸出友誼的援手，給以真摯的同情、慰勉和高度評價，並替其雪冤辯誣，這對當事人該是多大的支持和慰藉！這種"雪中送炭"精神，足顯杜甫之坦蕩無私、光明磊落、真正忠於友情的胸次。

二、"飯顆山頭"詩辨僞

宋人羅大經《鶴林玉露》云："李太白一斗百篇，援筆立成；杜子美改罷長吟，一字不苟。二公蓋亦互相譏誚。太白贈子美云：'借問因何太瘦生？只為從前作詩苦。''苦'之一辭，譏其困雕鑴也。"

這首所謂"贈詩"始見於五代孟棨《本事詩》，復載王定保《唐摭言》、宋計有功《唐詩紀事》等。《本事詩・高逸》云：

> 白才逸氣高……嘗言興寄深微，五言不如四言，七言又其靡也，況使束於聲調俳優哉。故戲杜曰："飯顆山頭逢杜甫，頭戴笠子日卓午。借問別來太瘦生，總為從前作詩苦。"蓋譏其拘束也。

《舊唐書・杜甫傳》對此深信不疑，據之直書："天寶末詩人，甫與李白齊名，而白自負文格放達，譏甫齷齪，有'飯顆山頭'之嘲誚。"然此詩宋刻《李太白集》不載，後有人把它編入"拾遺"（題為《戲贈杜甫》）。對其真僞，歷代均有爭議。郭沫若《李白與杜甫》以及今人新編巨帙《李白全集編年注釋》（安旗、薛天緯、閻奇、房日晰編注，成都：巴蜀書社，1990年）等皆認為真，後者繫此詩於天寶四載李杜同遊齊魯時，並加"按"曰：

　　兩宋本不收此詩，王本據《本事詩》增入，編於《詩文拾遺》中。前人或疑為偽作，或謂李白以之嘲譏杜甫。郭沫若《李白與杜甫》辯之，略謂：詩之後二句一問一答，並非李白獨白，而是二人對話，極親切動人。杜甫作詩向來苦費心思，嘗曰："為人性癖耽佳句，語不驚人死不休。""熟知二謝將能事，頗學陰何苦用心。""清詩近道要，識子用心苦。""苦用心"則瘦，甫《暮登四安寺鐘樓寄裴十迪》詩有句："知君苦思緣詩瘦。"此即"借問別來太瘦生？總為從前作詩苦"二句之注腳。要之，白詩既非"嘲誚""戲贈"，亦非後人偽作，詩題中"戲"字，乃後人誤加。郭說可從。詩蓋別後重逢之作。上年二人同遊於梁宋，本年重遊於東魯，因繫於此。（原書上冊719頁）

　　其實此詩百分百是偽作。下分三點說明。

　　第一，風格不類：李詩雖常寫得淺白，但格調高，無此浮滑打油之作，更不會寫贈好友如此（如《贈孟浩然》、《贈汪倫》等）。和前述贈杜甫之兩詩相較，差別至為明顯。

　　第二，形象不對：在"飯顆"詩中，杜甫是個瘦骨伶仃的窮餓書生，一副苦吟的寒酸相。（姑無論飯顆山是否真有其地，而詩作者藉此名稱寓意，以嘲諷杜甫"餓飯"的饞相，則是肯定的。）但事實是，當時三十出頭的杜甫正是家境寬裕（父親任兗州司馬，後遷奉天令），故可"快意八九年"地過着"裘馬清狂"的浪遊生活的時候，且與高、李暢遊中，經常飲酒歡宴（見杜甫《壯遊》、《昔遊》、《遣懷》詩及李白有關作品），可見他當時絕對不窮不餓；此其一。另外，又經常騎馬射獵，呼鷹逐獸，憑高弔古，登山訪友，故一定身體健壯，而不會又瘦又"殘"（杜甫《百憂集行》："憶年十五心尚孩，健如黃犢走復來，庭前八月梨棗熟，一日上樹能千回。"《壯遊》："春歌叢臺上，冬獵青丘旁，呼鷹皁櫪林，逐獸雲雪岡，射飛曾縱鞚，引臂落鶖鶬。蘇侯據鞍喜，忽如攜葛強（按，晉代名將）。"《昔遊》："昔者與高李，晚登單父臺。……清霜大澤凍，禽獸有餘哀。"另李白《秋獵孟諸夜歸置酒單父東樓觀妓》："俊發跨名駒，雕弓控鳴弦。鷹豪魯草白，狐兔多肥鮮。遮邀相馳逐，遂出城東田。一掃四野空，喧呼鞍馬前。歸來獻所獲，炮炙宜霜天。"又送別杜甫詩："醉別復幾日，登臨遍池臺。"等等均可證）；此其二。實際上平心而論，此詩所寫，倒近乎《百憂集行》後半描繪的景況："即今倏忽已五十，坐臥只多少行立，強將笑語供主人，悲見生涯百憂集。入門依舊四壁空，老妻睹我顏色同；癡兒不知父子禮，叫怒索飯啼門東。"

再者，杜詩前期多古體（或五律），他自少至壯作詩千餘篇（見天寶十三載《進鵰賦表》："自七歲所綴詩筆，向四十載矣，約千有餘篇。"今僅存十分一），未聞刻意苦吟，相反，我們只見他誇耀自己如何文思敏捷："臣之述作，雖不能鼓吹六經，先鳴數子，至於沉鬱頓挫，隨時敏捷，揚雄、牧皋之徒，庶可企及也。有臣如此，陛下其舍諸？"（《進鵰賦表》）"憶獻三賦蓬萊宮，自怪一日聲輝赫。集賢學士如堵牆，觀我落筆中書堂。……"（《莫相疑行》）詩人自言"新詩改罷自長吟"，"語不驚人死不休"，是後來入蜀、居夔，"晚節漸於詩律細"、刻意探索七律創作藝術時的事，與前期無涉（郭氏所引杜句全屬後期之作）。此其三。

綜上可見，作僞者是將杜甫後期的生活、創作情況加以誇張、變形、歪曲後，再想當然地套在前期身上，而繪出此幀漫畫像來。這恰好露出了馬腳。至於説此詩末兩句是一問一答，表現了李白對杜甫的關心，"極親切動人"。實不值一駁。試問，假如有朋友以此詩贈你，把尊容刻意描繪成那樣一副土氣、寒酸的窩囊相，你領情嗎？

第三、作僞緣由：杜甫真誠、直率，李白高傲自負，都易得罪人，加以樹大招風，才高被妒，所以他們生前身後，都曾招惹不少謗議。韓愈詩可以爲證："李杜文章在，光焰萬丈長。不知羣兒愚，那用故謗傷。蚍蜉撼大樹，可笑不自量！"(《調張籍》) 杜甫詩也可以爲證："晚將末契託年少，當面輸心背面笑。寄謝悠悠世上兒，不爭好惡莫相疑！"(《莫相疑行》) 那些不學無術，又工讒善妒的"世上羣兒"的惡作劇，除了散布流言蜚語中傷外，顯然還包括炮製這類歪詩進行醜化的行徑在內。其作僞的目的顯然是：在侮蔑、嘲弄杜甫的同時，亦令李白蒙垢（待好友如此刻薄，可見文人無行）。可謂一石二鳥，用心良苦。

三、《春日憶李白》的公案

杜甫《春日憶李白》詩云："白也詩無敵，飄然思不羣。清新庾開府，俊逸鮑參軍。渭北春天樹，江東日暮雲。何時一樽酒，重與細論文？"由此詩又引出好些紛爭。

宋人胡仔《苕溪漁隱叢話》卷六引《遯齋閑覽》道："甫贈白詩，則曰'清新庾開府，俊逸鮑參軍'，但比之庾信、鮑照而已。又曰:‘李侯有佳句,往往似陰鏗’,鏗之詩,又在鮑、庾下矣。‘飯顆’之嘲,雖一時戲劇之談,然二者名既相逼,亦不能無相忌也。”羅大經《鶴林玉露》:“子美寄太白云:‘何時一樽酒,重與細論文?’‘細’之一字,譏其欠縝密也。”明王嗣奭《杜臆》再加發揮:“公向與白同行同臥論文舊矣,然於別後自有悟入,因憶嚮所與論猶粗也。白雖‘不羣’,而竿頭尚有可進之步,欲其不以庾、鮑自限,而重與‘細論’也。”

以上這些,其實都是斷章取義的“無釐頭”論爭,無足深辯。因此詩首聯已為全篇定下基調,給李白以“無與倫比”、“無可匹敵”的崇高讚譽,又豈會在次聯即自相矛盾、自打嘴巴之理?其實“清新”“俊逸”云云,不過是對首聯的具體申述,以突出白詩主要風格特點而已。何況大家都知道,杜甫素來“不薄今人愛古人”,主張“轉益多師”,因此與李白有所不同,對南朝詩人(尤其是庾、鮑)也甚為推許,所以,以陰鏗、庾、鮑等和李白相比,實絕無貶意。此點前人所論已多,此不贅述。至於“何時一樽酒,重與細論文”,只表明兩人十分投契,談詩論文甚相得,故希望再續文緣而已。所謂“論文”,是指雙向的切磋、交流,而非單向的提點(恰如作者“寄高、岑”詩之“會待妖氛靜,論文暫裹糧”、《范二員外邈吳十侍御郁特枉駕闕展待聊寄此作》之“論文或不愧,重肯款柴扉”、《敝廬遣興奉寄嚴公》之“把酒宜深酌,題詩好細論”等等一樣)。這一點也是十分清楚的,讀詩者大可不必神經過敏。最大的可能是,當日杜甫寫此詩時,腦海裏正盤旋着李白的贈詩:“何時石門路,重有金樽開?”於是便以這兩句作回應。如此而已。

四、《贈李白》（七絕）詩銓釋

杜甫早期七絕《贈李白》詩云：

秋來相顧尚飄蓬，未就丹砂愧葛洪。

痛飲狂歌空度日，飛揚跋扈為誰雄？

此詩解者紛紛，其分歧主要集中在末兩句上。代表性觀點如下：

甲、純為"贈李白"

（一）表批評

宋・杜次公注："《北史》齊高歡謂其子曰：侯景專制河南十四年，常有跋扈飛揚之心。飛揚之義，如鷙鳥不受絆紲而飛去。……飛揚跋扈，皆強狠不臣之謂。公意謂如吾輩之痛飲狂歌，亦空度日而已，如強狠之輩跋扈飛揚，亦何所為而自雄？"（林繼中輯校《杜詩趙次公先後解輯校》，上海古籍出版社，1994年）

朱鶴齡注《杜工部詩集》："太白《東魯行》云：'顧余不及仕，學劍來山東。'唐史稱其好縱橫術，喜擊劍，為任俠。此故以"飛揚跋扈"目之。"（中文出版社影康熙九年刊本）

傅東華《杜甫詩》："飛揚跋扈，形容不受拘束也。李白性倜儻，好縱橫術；少喜弄劍任俠，嘗手刃數人，故作者以飛揚跋扈目之。"（1927年。1968年台灣商務印書館重印）

蕭滌非《杜甫研究》："這兩句是批評李白的話。……上句批評李白的浪漫生活，下句批評李白過分豪放的性格。跋扈，強梁，李白好任俠，曾手殺數人，又傲視王侯，故說他跋扈。……意思是希望李白不要太任性，應該收斂些。"（山東人民出版社，1957年。作者1979年版《杜甫詩選注》略加修訂，但基本觀點大致相同。）

（二）表痛惜和規諷

金聖嘆《杜詩解》："先生不惜苦口，再三教戒，見前輩交道如此之厚也。""去又不遂，住又極難，痛飲狂歌，聊作消遣。飛揚跋扈，誰當耐之？一片全是憂李侯將不免。"（上海古籍出版社，1984年）

仇兆鰲《杜詩詳注》："此詩……惜白之興豪不遇也。下二贈語含諷，見朋友相規之義焉。""飛揚，浮動之貌；跋扈，強梁之意。"

浦起龍《讀杜心解》："白為人，喜任俠擊劍。夫士不見則潛，失職不平，禍之招也。下二寫出狂豪失路之態，既傷之，復警之。"

（三）表規勸

陳貽焮《杜甫評傳》："他對李白的規勸是很誠懇的，也不能說不切中要害，但教人讀了總覺得他對李白并不十分瞭解。'痛飲狂歌'、'飛揚跋扈'，寥寥八字，確乎畫出個活生生的李白來。但詩人對促使李白加劇這種性格特色的內心的巨大痛苦和矛盾，似乎缺乏較深切的體察和諒解。"（上海古籍出版社，1982年）

陳香《杜甫評傳》："語在規箴，一片摯誠。"（台北：國家出版社，1993年）

（四）表同情和嘆息

鄧魁英、聶石樵《杜甫選集》："此句嘆息李白'飄蓬'之中而意氣不衰。"（上海古籍出版社，1983年）

乙、兼寫兩人

　　山東大學中文系古典文學教研室《杜甫詩選》："詩中慨嘆狂放失意，從字面上看，寫的是李白，即所謂'贈李白'，其實是同病相憐，裏邊也有作者的影子，不無自遣情懷的成分。""'痛飲'二句是慨嘆懷才不遇。……意思是不為世所知，英雄無用武之地。"（北京：人民文學出版社，1980年）

　　金啟華、胡問濤《杜甫評傳》："這次重逢，杜甫寫了四句詩贈李白，表達了懷才不遇、憤世嫉俗的心情。"（陝西人民出版社，1984年）

　　以上意見，以"兼寫兩人"之說為近是，但可惜仍未盡其內涵。

　　我意認為，"飛揚跋扈"在此詩不含貶義，而是意氣豪邁、言行狂放、不受羈束的意思。《文選・張衡〈西京賦〉》："武士赫怒，……睢盱跋扈。"張銑注："跋扈，勇壯貌。""熟精文選理"的杜甫採用此義，正是順理成章之事。"為誰雄"，意謂既無人賞識，無從施展抱負，稱雄又有何用？是以反詰致慨之辭。末兩句譯為現代漢語就是："天天痛飲狂歌，讓時光白白流逝，到底要為誰顯露我們的豪氣與才情呢？"這首詩作於天寶四載（745）秋，杜甫與李白在同遊梁、宋後，又於山東相會，並再度同遊時。由於瞭解更深，情好益密，"醉眠秋共被，攜手日同行"（《與李十二白同尋范十隱居》），所以越發顯得聲氣相通。此詩主要抒寫（兩人共有的）眼高四海、懷才不遇而憤世嫉俗的感情，同時進行反思，提出探尋未來生活道路的意向。

作者與李白一樣，才華卓犖，抱負不凡（"自謂頗挺出，立登要路津"，"會當凌絕頂，一覽眾山小"）；卑視庸人、俗物（"興豪業嗜酒，嫉惡懷剛腸，飲酣視八極，俗物多茫茫"，"何當擊凡鳥，毛血灑平蕪"）；同樣受過挫折（杜二十四歲時曾應試落第，而李不久前被玄宗"賜金放還"），因而過着"放蕩齊趙"、"裘馬清狂"的生活；又同有求仙問道的興趣（曾同訪華蓋君、元逸人、董煉師等）。所以他對李白絕不會批評、諷刺之，反而是惺惺相惜，引為同調。此詩四句其實都是既寫李白，亦寫自己：對李白，有稱許、同情、抱不平之意，同時也自嘆遭逢不偶，辜負青春與大好才華。這是全詩的主調。故作者後來回首前遊，尚有"憶與高李輩，論交入酒壚"（《遣懷》）以及"自失論文友，空知賣酒壚。平生飛動意，見爾不能無"（《贈高式顏》）之句。飛動意，即"飛揚跋扈"之意（《壯遊》詩："放蕩齊趙間，裘馬頗清狂"之"放蕩"、"清狂"，亦同此意）。可知當日"痛飲狂歌"、"飛揚跋扈"者，又豈僅李白一人而已！

不過，經過一番闖蕩、遊歷和尋仙訪隱之後，終於惘然無所得，正當盛年，又一直有志用世的杜甫通過反思，對此生活模式不禁產生疑問。"空度日"、"為誰雄"的慨嘆，便同時表現了詩人提議探尋新的生活塗路的意向。所以此後不久，杜甫便返回洛陽，再西入長安，另謀發展了。而在仕途上"曾經滄海"的李白，後來也離開山東，南遊江東。

經過以上幾個問題的辯白，關於李杜交情的疑問應可渙然冰釋了吧？

五、杜甫心目中的李白

（一）論文友
"憶與高李輩，論交入酒壚，兩公壯藻思，得我色敷腴。"（《遣懷》）

"自失論文友，空知賣酒壚。"（《贈高式顏》）

"何時一樽酒，重與細論文？"（《春日憶李白》）

（二）酒中仙
"李白一斗詩百篇，長安市上酒家眠，天子呼來不上船，自稱臣是酒中仙。"（《飲中八仙歌》）

"敏捷詩千首，飄零酒一杯。"（《不見》）

（三）卓越的天才詩人：詩才敏捷，詩藝高超，成就巨大，影響深遠。
"李侯有佳句，往往似陰鏗。"（《與李十二白同尋范十隱居》）

"白也詩無敵，飄然思不羣。清新庾開府，俊逸鮑參軍。"（《春日憶李白》）

"近來海內為長句，汝與山東李白好。何劉沈謝力未工，才兼鮑照愁絕倒。"（《薛端薛復筵簡薛華醉歌》）

"筆落驚風雨，詩成泣鬼神。……文彩承殊渥，流傳必絕

倫。"(《寄李十二白二十韻》)

　　"千秋萬歲名，寂寞身後事。"(《夢李白二首》之二)

贈李白

　　這是杜甫現存最早一首絕句，也是前期創作的幾乎唯一一首七絕（另一首《虢國夫人》或云張祜作）。寫於天寶四載（745）秋，與李白同遊齊魯（今山東一帶）之時。

【譯注】

秋來相顧尚飄蓬[1]，　　　在這秋天重遇，彼此仍漫無根蒂地浪遊，

未就丹砂愧葛洪[2]。　　　未能像葛洪般煉得靈丹，實深感愧憾。

痛飲狂歌空度日，　　　　天天痛飲狂歌，讓時光白白流逝，

飛揚跋扈[3]爲誰雄[4]？　　到底要爲誰顯露我們的才氣與豪情呢？

〔１〕　飄蓬：如蓬草般隨風飄旋。比喻到處漫遊，行蹤無定。

〔２〕　就：趨近；達成。丹砂：即硃砂，道家煉丹的材料。愧葛洪：不如葛洪，故感慚愧。葛洪，東晉人，道教著名理論家、思想家，尤精煉丹術，著《抱朴子》傳世。《晉書·葛洪傳》："葛洪字稚川，丹陽句容人也。……以年老，欲煉丹以祈遐壽，聞交趾出丹砂，求爲勾漏令。帝以洪資高，不許。洪曰：'非欲爲榮，以有丹耳。'帝從之。……乃止

羅浮山煉丹。"今廣東羅浮山尚有"稚川丹竈"遺址。當時李白正尋仙訪道,並從道士高如貴受"道籙";杜甫也有類似傾向,曾往王屋山欲訪道士華蓋君,以其人已歿而未果:兩人可謂志同道合。

〔3〕 飛揚跋扈:一般形容狂傲乖張、專橫霸道;此則指意氣豪邁、言行狂放、不受羈束,非貶義詞。《文選·張衡〈西京賦〉》:"武士赫怒,⋯⋯睢盱跋扈。"張銑注:"跋扈,勇壯貌。"

〔4〕 為誰雄:為誰稱雄?意謂既無人賞識,無從施展抱負,稱雄又有何用?以反詰致慨,是憤世嫉俗之言。

【評析】

此詩音節高邁,格調昂揚,不減盛唐諸公本色之作。可見杜甫實早已熟練掌握創作"正宗"七絕的技巧,不過有所不為而已。

仇兆鼇説:"下截似對而非對:'痛飲'對'狂歌','飛揚'對'跋扈',此句中自對法也;'空度日'對'為誰雄',此兩句又互相對也。語平意側,方見流動之致。"(《杜詩詳注》)

143

春日憶李白

【題解】

　　李杜兩人在兗州城東石門道別後，杜甫西歸洛陽。天寶五載（746），由洛陽到長安。此詩應為初抵長安後一個春日黃昏所作。表達了對李白的深情憶念和衷心推許之情。自古"文人相輕"，於杜甫實為例外。

【譯注】

白也詩無敵[1]，	李白啊他的詩歌無可匹敵，
飄然思不羣[2]。	思路敏捷、空靈，不同凡響。
清新庾開府[3]，	像庾信作品般清新，
俊逸鮑參軍[4]。	又兼鮑照的俊秀奇逸。
渭北春天樹[5]，	渭北春天的樹木生意盎然，
江東日暮雲[6]。	江東日暮的雲彩何其絢麗。
何時一樽酒，	甚麼時候能再度樽酒言歡，
重與細論文[7]？	和你細細切磋、談論詩文呢？

　　〔1〕　白也：與下句"飄然"相對，"也"與"然"都是語氣助詞。《禮記·檀弓》："為伋（子思名伋）也妻者，是為白（子思

之子孔白）也母；不為伋也妻者，是不為白也母。"

〔2〕 不羣：超出眾人之上。鍾嶸《詩品》："陳思王（植）粲溢今古，卓爾不羣。"

〔3〕 庾（yǔ羽）開府：指庾信（512—580），字子山，詩人庾肩吾之子，初仕梁，後仕北周，官至驃騎大將軍，開府儀同三司，故稱庾開府。詩作格調清新；晚年撫今思昔，多沉痛之辭。

〔4〕 鮑（bào爆）參軍：指鮑照（約415—470），字明遠，南朝宋詩人。出身貧賤。後臨海王子頊鎮荊州，任為前軍參軍。所作慷慨歷落，俊逸清雄，尤以七言歌行體為特出，對李白實有不少影響。

〔5〕 渭北：渭水以北，泛指長安、咸陽一帶。時杜甫正住在那裏。此句暗用《楚辭·招魂》語意："湛湛江水兮上有楓，目極千里兮傷春心。"表示春日懷人之意。

〔6〕 江東：指長江下游江南地區，即今江蘇南部、浙江北部一帶。當時李白正流寓於彼。此句隱含江淹《擬休上人怨別》詩意："日暮碧雲合，佳人殊未來。"按：以上兩句即景寓情，兼點地點、季節、時間，抒寫春天日暮時深摯的懷人之感。

〔7〕 杜甫"性豪業嗜酒"（《壯遊》），李白更是"斗酒詩百篇"，所以兩人交往時總不離詩與酒："憶與高李輩，論交入酒壚，兩公壯藻思，得我色敷腴。"（《遣懷》）"醉別復幾日，登臨遍池臺。何時石門路，重有金樽開？……飛蓬各自遠，且盡手中杯。"(李白《魯郡東石門送杜二甫》）故杜甫企盼能再度樽酒論詩。論文：即論詩。六朝以來詩亦通稱為文。

【評析】

　　此詩連用三聯對偶，而一氣直落，輕快流暢，似乎全不着力，大有李白的姿致。可能因相憶之深而不覺間受其詩風感染罷。

　　首聯「詩無敵」、「思不羣」，已為全篇定下基調，次聯乃具體申述而已：前半表現對李白的高度讚揚，推重。後四句綰合自身，表達相憶相念之情及切望重逢之意。「渭北」一聯，用典入化，令人渾然不覺，值得仔細品味。

天末懷李白

【題解】

乾元二年（759）秋，杜甫棄官後暫寓秦州，十分關心得罪流放的李白的命運，因有此作。

前年（至德二載，757）春，李白出於愛國熱忱，加入永王李璘（玄宗第十六子）幕府，要"起來為蒼生"，盡其報國之志。但李璘率兵沿江東下，被其兄長肅宗視為"叛逆"，派軍征討，結果璘兵敗被殺，李白以"附逆"罪繫潯陽（今江西九江）獄，乾元元年（758）判長流夜郎（今貴州銅梓縣）。二年三月，至巫山遇赦，白迴舟東下，折返江南。時杜甫未知確切消息，只聽道路傳聞，恐有不測，故連寫數詩（《夢李白二首》和此詩），深表擔心和懷念。

【譯注】

涼風起天末[1]，	這遠在天邊的秦州已颳起涼風，
君子意如何[2]？	君子啊，您現在心境如何？
鴻雁幾時到[3]？	鴻雁幾時才能帶去我的問訊？
江湖秋水多[4]。	江湖全是浩渺的秋波。
文章憎命達[5]，	卓越的文才從來都不許命運通達，

魑魅喜人過[6]。　　　　　妖魔鬼怪總喜歡有生人走過。〔可要提防喲！〕

應共冤魂語，　　　　　路經江湘，您定會向屈原的冤魂傾訴，遙
投詩贈汨羅[7]。　　　　　奠一番，投詩相贈吧。

〔1〕　涼風：秋風。《周書·時訓》：“立秋之日，涼風至。”天
　　　　末：天邊。秦州（今甘肅天水縣）當時為西北邊塞，故云。

〔2〕　君子：古稱有高尚道德的人。《詩·鄭風·風雨》：“風雨如
　　　　晦，雞鳴不已。既見君子，云胡不喜！”李白時當“世人
　　　　皆欲殺”之際，是被流放的“欽犯”，杜甫用此稱呼有為
　　　　其辯誣雪冤的特殊意義。

〔3〕　鴻雁：用雁足傳書的典故（見《漢書·蘇武傳》），代表
　　　　音訊、消息。

〔4〕　江湖：李白經長江、洞庭湖而入黔，遇赦後又返回江湘一
　　　　帶。秋水多：言風波險惡；既指途路艱危（意同《夢李白
　　　　二首》之二：“江湖多風波”），又指音訊難通。這句承上
　　　　啟下。

〔5〕　文章：李陽冰《草堂集序》：“唯公文章，橫被六合，可謂
　　　　力敵造化歟！”此句即“才高命蹇”之意。“憎”字用擬人
　　　　法，筆力特重，以見必然如此。

〔6〕　魑魅（chīmèi癡寐）：傳說中山林裏害人的精怪。《左傳·
　　　　文公十八年》：“投諸四裔，以禦魑魅。”此兼喻朝廷和社
　　　　會上一切嫉賢忌才的奸佞、小人。錢謙益注：“‘魑魅喜人
　　　　過。’喜其來而擇人以食也。”

〔7〕　汨（mì覓）羅：江名，在今湖南湘陰縣東北，相傳是屈原

投水處。西漢才士賈誼貶謫長沙，路過汨羅江，有《弔屈原賦》。"屈原，楚賢臣也，被讒放逐，作《離騷》賦，其終篇曰：'已矣哉！國無人，莫我知也！'遂自投汨羅而死。誼追傷之，因自喻。"（《弔屈原賦·序》）這裏是以屈原、賈誼比李白，哀其有志為國為民，而遭蒙冤受屈的命運。

【評析】

仇兆鰲評《夢李白二首》道："千古交情，惟此為至。然非公至性，不能有此至情；非公至文，亦不能寫此至性。"（《杜詩詳注》）也可以移論此詩。

"文章憎命達，魑魅喜人過"，十字凝結無限憤惋，寫盡千古世情。（作者《有懷台州鄭十八司戶》："從來禦魑魅，多為才名誤。"亦同此意。）俗語謂"忠忠直直，終須乞食"。有理想、有才華而坦誠、正直之士，以往鮮不遭此被讒譭、暗算的厄運。然而，"亦余心之所善兮，雖九死其猶未悔！"（《離騷》）繼起的"君子"並不因此而稍屈，依然我行我素，無悔無懼，"敢於直面慘澹的人生"，不改其常度。正唯此，歷史得以前行，社會也才能不斷進步。

"文章"句，是同情語，也是寬慰、開解語，因為高才之士自古多半如此，故希望李白不必過於介懷；"魑魅"句，是譴責語，同時又是警醒語，奸邪無處不在，所以提請李白不可掉以輕心。兩句表現作者對友人的體貼關懷，何等婉曲深至。

不見 （近無李白消息）

【題解】

　　詩借首二字為題，並隱含《詩經·靜女》"愛而不見"的意思，表達對李白的關切。約寫於肅宗上元二年（761）寓居成都時。李白遇赦東歸後，去歲由岳陽經江夏到潯陽（今江西九江）一帶，本年至當塗（今屬安徽省）依族叔李陽冰養病。明年（代宗寶應元年，762）十一月即病逝於當塗縣。這是杜甫寫李白的最後一首詩。

【譯注】

不見李生久[1]，	不見李白已很久了，
佯狂真可哀[2]。	他弄到要裝瘋詐狂，真可哀憫。
世人皆欲殺[3]，	世人都恨不得置之於死地，
吾意獨憐才[4]。	唯獨我憐惜他的不世才華。
敏捷詩千首，	他文思敏捷，寫下了千首詩章，
飄零酒一杯[5]。	但身世飄零，只好藉酒澆愁。
匡山讀書處[6]，	匡山原是讀書舊遊之地，
頭白好歸來。	現在年紀老了，還是返回故鄉的好。

〔1〕 李生：指李白。生，古代對讀書人的稱呼。杜甫自天寶四載（745）與李白在兗州別後，至今已十六年未見面。

〔2〕 佯（yáng羊）狂：假裝瘋狂。《史記·宋微子世家》：“（箕子）乃被髮佯狂而為奴。”這裏是說李白像古賢人一樣，為遠禍而佯狂，所以縱酒高吟，言行乖張，不同流俗。

〔3〕 李白因永王璘事，曾繫潯陽獄，又判長流夜郎，一年後行至巫山始遇赦得釋。幾瀕於死。

〔4〕 李白《將進酒》：“天生我材必有用。”

〔5〕 飄零：曾鞏《李白集序》：“乾元元年，終以汙璘事長流夜郎，遂泛洞庭，上峽江，至巫山，以赦得釋。憩岳陽、江夏。久之，復如潯陽，過金陵，徘徊於歷陽、宣城二郡。其族叔陽冰為當塗令，白過之，以病卒，年六十有四。”

〔6〕 匡山：指李白故鄉彰明縣（今四川江油縣）的大匡山，白少年時曾讀書於彼。時杜甫在蜀，故望其“歸來”。郭知達編《九家集注杜詩》引杜田《杜詩補遺》說：“白厥先避仇，客居蜀之彰明，太白生焉。彰明有大、小匡山，白讀書於大匡山，有讀書臺尚存。……所謂匡山，乃彰明之大匡山，非匡廬也。”

【評析】

仇兆鰲說：“敏捷千篇，見才可憐；飄零縱酒，見狂可哀；歸老匡山，蓋憫其放逐而望其生還：始終是哀憐意。”（《杜詩詳注》）

所謂“疾風知勁草”，“患難見真情”。當友人處於逆境或不幸落難的時候，杜甫總特別善於為對方着想，加以體諒、同情，為其辯誣、洗雪，使人感到，在眾口鑠金、夜氣如磐的冷酷環境裏，人世間始終尚有不昧的良知，尚有一點温暖，一線光明！這是真正友情的表現，也是真正人性的表現。杜甫對李白、對鄭虔、對房琯、對王維（《奉贈王中允維》："一病緣明主，三年獨此心"），都無不如此，可見其人的高尚品格和真情至性。

杜甫詩中的諸葛亮

在中國、東亞以至世界上不少華人地區，諸葛亮（孔明）是家諭戶曉、富於傳奇色彩的人物。他原籍山東，父早喪，幼隨叔父遊宦。年青時隱居南陽隆中（今湖北省襄樊市西郊二十里），躬耕田畝，而素抱權奇之志，對天下大勢及其發展趨向能洞燭先機，瞭然於胸，"每自比管仲、樂毅"，與龐統並稱臥龍、鳳雛。後為劉備"三顧草廬"的誠意打動，毅然出山，"受任於敗軍之際，奉命於危難之間"（《出師表》），輔佐劉備，實行"東連孫權，北拒曹操，西取劉璋"的策略，終於形成鼎足三分的局面，使原本勢單力薄的劉備得成帝業，他自己亦受任為丞相（到後主時又封武鄉侯）。備歿後，他繼續忠心耿耿輔佐後主劉禪，並親率將士，六出祁山，北伐中原，圖成一統大業。最後因操勞過度，病逝軍中。劉備生前曾這樣嘆慰："孤之有孔明，猶魚之有水也！"臨歿又對諸葛亮說："君才十倍曹丕，必能定大事。若嗣子可輔，輔之；如其不才，君可自取。"並敕後主曰："汝與丞相從事，事之如父。"而諸葛亮則涕泣自誓："臣敢竭股肱之力，效忠貞之節，繼之以死！"後又上表後主矢言："臣死之日，不使內有餘帛，外有贏財，以負陛下。"（見《三國志‧諸葛亮傳》。）其後皆果如所言。

一、杜甫何以一再緬懷諸葛亮

杜甫身經喪亂，又在蜀甚久，無怪對諸葛亮的事迹倍感親切。在後期作品中，武侯成為他最欽敬、佩服，並視為榜樣的人物，也是他緬懷得最多的古人。箇中原因，一是諸葛亮本人才德俱優，智略過人，確值得尊仰；又因出師未捷、壯志未酬而歿，令人深感悼惜。二是詩人在蜀有年，耳濡目染的武侯遺聞軼事、祠廟古迹等甚多，影響亦深。三是當時內憂外患交迫（先有安史之亂，後有吐蕃、回紇侵擾，藩鎮坐大，地方軍閥混戰等等），國家面臨分裂、喪亡危險，實急須有此等人物出而濟世，以扶危定傾，力挽頹局。四是從中看到自己的影子，而欽羨對方際遇非凡，與君主魚水相得，能成就開濟兩朝的不世勳業；反觀自己雖亦懷才抱德，卻有志無成，侷處下游，懷抱難申，故常藉諸葛形象以自比、自嘆。

基於上述緣故，杜甫從乾元二年（759）48歲在秦州時起，至大曆二年（767）56歲在夔州時止，八年之內，寫了十餘首有關諸葛亮的詩歌，對這位忠貞不二又才華橫溢，堪稱"天下奇才"（司馬懿贊辭）的賢相，表達了極為深摯的景仰、悼惜之情，並一再引為同調，而感慨係之。

二、"萬古雲霄一羽毛"——杜甫對諸葛亮的高度評價

《蜀相》（四十九歲寫於成都）、《八陣圖》和《詠懷古迹五首》其五（均五十五歲寫於夔州）這三首詩，最集中、全面、具體地概括了諸葛亮一生抱負、際遇、功業和品格，表達

了詩人對這位政治、軍事奇才的超羣智慧、浩闊襟懷以及忠貞美德的欽敬思慕和熱烈頌揚的情愫。

「三顧頻繁天下計，兩朝開濟老臣心。出師未捷身先死，長使英雄淚滿襟」；「功蓋三分國，名成八陣圖。江流石不轉，遺恨失吞吳」；「三分割據紆籌策，萬古雲霄一羽毛。伯仲之間見伊呂，指揮若定失蕭曹」……這些名句，已與諸葛孔明的傳奇事迹一樣深入民心，並且同其不朽。

三、「日暮聊為梁甫吟」——杜甫以諸葛武侯自比

王嗣奭《杜臆》評《詠懷古迹》之五時說：「公自許稷契，而莫為用之，蓋自況也。」晚清吳汝綸進一步發揮：「公生平志量，初不屑以文士自甘，嘗存經營六合之概，每詠武侯，輒根觸不能自已，此其素志然也。」的確如此。杜甫才華早熟，年青時即「自謂頗挺出，立登要路津，致君堯舜上，再使風俗淳」，要「會當凌絕頂，一覽眾山小」！大有睥睨六合之勢：其才、志如此。而又「窮年憂黎元，嘆息腸內熱！……非無江海志，瀟灑送日月。生逢堯舜君，不忍便永訣。當今廊廟具，構廈豈云缺？葵藿傾太陽，物性固難奪」：其品格復如是。難怪他每以諸葛自況，而居之不疑。

《登樓》（「花近高樓傷客心，萬方多難此登臨。……可憐後主還祠廟，日暮聊為梁甫吟」）是一例，《謁先主廟》又是一例：

> 慘澹風雲會，乘時各有人。力侔分社稷，志屈偃經綸。
> 復漢留長策，中原仗老臣。雜耕心未已，歐血事酸辛。……

155

應天才不小，得士契無鄰。遲暮堪帷幄，飄零且釣緡。向
來憂國淚，寂寞灑衣巾。

杜甫詠劉備廟的詩，必連及武侯，實因其君臣相得，令詩人感
慨無恨。此詩"前段本敍創業始末。……後段從'謁'字生
感，純是對像撫膺，借古傷今之語"（浦起龍《讀杜心解》）。
"使有英主應天而出，得士相契，則吾雖遲暮，猶堪共謀帷
幄，惟飄零不偶，所以憂國之淚不能自已也"（沈德潛《杜詩評
鈔》）。

　　《諸葛廟》也是一例：

　　　　久遊巴子國，屢入武侯祠。竹日斜虛寢，溪風滿薄帷。
君臣當共濟，賢聖亦同時。翊戴歸先主，并吞更出師。龍
蛇穿畫壁，巫覡醉蛛絲。欻憶吟梁父，躬耕起未遲。

仇兆鰲《杜詩詳注》云："上四詠廟中景物，中四溯武侯往事，
下則對廟而感懷也。""'躬耕未遲'，蓋借孔明以自況。"浦
起龍《讀杜心解》："結語……蓋自嗟身老，以武侯作一影子也。
言如上所云功業如此，雖嘗屏迹躬耕乎，也不嫌建立之遲耳。
今我何如！"

四、"嵇康不得死，孔明有知音"——通過對比，感歎
　　自己空懷濟世材略而報國無門

　　杜甫對諸葛武侯，崇敬中含自比，相比下則不禁自嘆：
　　　　蟄龍三冬臥，老鶴萬里心。昔時賢俊人，未遇猶視今。
嵇康不得死，孔明有知音。又如壟底松，用舍在所尋。大
哉霜雪榦，歲久為枯林。（《遣興五首》其一）

這是作者提及孔明的第一首詩。全篇"在六句分截。上言抱志欲伸，今古皆然；下言遭遇不同，榮辱遂異"（《杜詩詳注》）。詩人欽羨孔明，而自傷不得志。類似"材大難用"的比喻我們在《古柏行》中也可以看到。

南宋詩人陸游任夔州通判時寫的《東屯高齋記》說："少陵，天下士也。遭遇明皇、肅宗，官爵雖不尊顯，而見知實深（？），蓋嘗慨然以稷契自許。及落魄巴蜀，感漢昭烈帝、諸葛丞相之事，屢見於詩，頓挫悲壯，反覆動人，其規模志意豈小哉？……少陵非區區於仕進者，不勝愛君憂國之心，思少出所學，以佐天子，興貞觀開元之治。而身愈老，命愈蹇，坎壈且死，則其悲至此亦無足怪也。"這是同為懷才不遇的志士、詩人陸放翁於數百載下因感同身受而洞見其肺腑之言，可謂少陵知音。

蜀　相

**【題解】

蜀相，指諸葛亮（181—234）。建安二十六年（221），劉備在成都稱帝，建立蜀漢政權，封諸葛亮為丞相，故稱。

這首詩是初到成都不久寫的。上元元年（760）春，杜甫在草堂剛安頓下來，便前往訪尋諸葛亮祠，致極度景仰之意。此詩格高調美，雄勁渾成，被譽為"七律正宗"（沈德潛《杜詩評鈔》引邵子湘語），尾聯更千古傳誦。

【譯注】

丞相祠堂何處尋[1]？	諸葛丞相的祠堂到哪兒去找？
錦官城外柏森森[2]。	就在錦官城外柏樹茂密的地方。
映階碧草自春色，	綠草映照着台階，空自顯出美好的春色，
隔葉黃鸝空好音[3]。	葉叢後的黃鶯徒然唱出婉囀動聽的歌聲。
三顧頻繁天下計[4]，	劉備曾三顧草廬，頻頻諮詢天下大計，
兩朝開濟老臣心[5]。	憑着老臣的赤心，匡濟、輔佐了先主、後主兩個朝代。
出師未捷身先死[6]，	出兵北伐，未能取勝，身先亡故，
長使英雄淚滿襟。	令後世英雄、志士永遠為之痛惜灑淚。

〔1〕 丞相祠堂：即武侯廟（諸葛亮曾被封武鄉侯），始建於西晉末十六國時（公元四世紀），以後代有興替。南宋《方輿勝覽》云："武侯廟在府城西北二里。武侯初亡，百姓遇朔節，各私祭於道中，李雄（按，十六國之成國國君）始為廟於少城內。"今武侯祠在成都市南門外，與先主劉備合廟而祠。

〔2〕 錦官城：即成都。古代盛產織錦，曾設官於此專理其事。《華陽國志·蜀志》："蜀郡西城，故錦官也。錦江，織錦濯其中則鮮明，他江則不好，故命曰錦里也。"森森：茂密的樣子。《儒林公議》："成都先主廟側有諸葛武侯祠，祠前有大柏，係孔明手植，圍數丈。唐相段文昌有詩刻存焉。"

〔3〕 黃鸝（lí離）：即黃鶯，羽毛黃色，鳴聲婉囀嘹亮。

〔4〕 三顧：諸葛亮隱居隆中（今湖北襄樊市西郊），劉備數次往訪，問以天下大計，並請其出山。《出師表》："先帝……三顧臣於草廬之中，諮臣以當世之事，由是感激，遂許先帝以驅馳。"繁：一作"煩"。天下計：指諸葛亮建議先"東連孫權，北抗曹操，西取劉璋"而後定天下的"隆中對"。

〔5〕 開濟：經邦治國，匡濟扶持。老臣心：諸葛亮《出師表》："當獎帥三軍，北定中原，庶竭駑鈍，攘除姦凶，興復漢室，還於舊都。此臣之所以報先帝而忠陛下之職分也。"

〔6〕 出師未捷：《三國志·蜀書·諸葛亮傳》：建興十二年（234）春，"亮悉大眾由斜谷出，以流馬運，據武功五丈原（按，今陝西眉縣西南），與司馬宣王（按，司馬懿）對於渭南。……相持百餘日。其年八月，亮疾病，卒於軍中"，享年五十四歲。

【評析】

首二句寫祠堂所在，是遠景。三、四句寫近景，堂、柏分承："自"、"空"（都表示"徒然"）與首句"何處尋"之"尋"字呼應，顯出祠宇之冷落荒涼，而景中蘊情，已初步透露景仰、惋惜之意。

後半扣題實寫，追懷諸葛亮的才能、功業和美德：天下大計，瞭然於胸；先主、後主兩朝，一手匡濟扶持，真是"鞠躬盡瘁，死而後已"。最後出師未捷，齎志而歿，令天下英雄同聲一哭！杜甫對斯人仰慕之切、痛惜之深，至此完全表達無遺。

此詩所以能膾炙人口，藝術技巧的成功運用也十分重要。如"三顧"句，寫諸葛亮的才略（未出茅廬，預見天下三分；既出茅廬，使之成為現實），而才中有德（"不求聞達"，故須"三顧"）；"兩朝"句，表彰其德（忠心耿耿，鞠躬盡瘁），而德中見才（開創基業，輔佐兩朝）。兩句隱括諸葛生平，涵蓋甚廣，蘊蓄亦深，足見詩人熔裁冶鑄的功力。

杜甫對諸葛武侯如此動情，還因為從中看到自己的影子，想到自己的遭遇。武侯雖然"出師未捷"，但甚得君主的倚重，可以大展長才，兩朝開濟；自己卻連小小一任左拾遺也做不長久，報國無門，有志難申，所以感慨特深。他哭武侯，也是哭自己；同時，並為"千古英雄有才無命者"一灑同情之淚。宋朝抗金名將宗澤壯志難酬，鬱鬱以歿，臨終即誦此最後兩句，也是因為對之有強烈的共鳴。

登 樓

【題解】

廣德二年（764）春，由於嚴武再鎮蜀，杜甫得還成都。詩人一則以喜，一則以憂：喜的是能重返草堂，並再見嚴武；憂的是吐蕃猖獗，寇警日深。這首詩便是當時所作，表達詩人心憂的一面。《資治通鑑》廣德元年十二月："吐蕃陷松、維、保三州及雲山、新築二城，西川節度使高適不能救，於是劍南西山諸州亦入於吐蕃矣。"

【譯注】

花近高樓傷客心[1]，	花枝紅近高樓，令我這旅人傷心，
萬方多難此登臨。	正當國家多難之時，我登上此樓。
錦江春色來天地[2]，	錦江的春色鋪天蓋地而來，
玉壘浮雲變古今[3]。	玉壘山的浮雲就如古今世事，變幻無定。
北極朝廷終不改[4]，	大唐正統皇朝始終不變改，
西山寇盜莫相侵[5]。	西山的強盜休得來侵犯。
可憐後主還祠廟[6]，	顢頇無能如後主，仍有他的祠廟，
日暮聊爲梁甫吟[7]。	日暮時分，我姑且詠唱起《梁甫吟》。

〔1〕 這句意猶作者《春望》:"感時花濺淚。"

〔2〕 錦江:岷江流經成都附近一段的稱謂,今名府河。

〔3〕 玉壘:山名,在四川汶川縣北。當吐蕃入寇之衝要。

〔4〕 北極:指北辰(北極星),比喻朝廷。《論語·為政》:"為政
　　 以德,譬如北辰,居其所而眾星拱之。" 不改:《新唐書·吐
　　 蕃傳》:"(廣德元年)入長安,立廣武王承宏為帝。……吐蕃
　　 留京師十五日乃走。天子還京,吐蕃退。"

〔5〕 西山寇盜:指吐蕃。西山,指綿亙於理縣、汶川一帶的岷山
　　 山脈。吐蕃入侵常佔此區。作者《野望》:"西山白雪三城
　　 戍。"

〔6〕 後主:指蜀漢後主劉禪。諸葛亮死後,他重用宦官黃皓,終
　　 致亡國。祠廟:後主廟當時附於先主劉備廟一側。宋·吳曾
　　 《能改齋漫錄》:"蜀先主廟在成都錦官門外,西挾即武侯祠,
　　 東挾即後主祠。" 這句暗諷代宗因寵信宦官程元振、魚朝恩
　　 等而招致吐蕃陷京,自己狼狽出逃的禍患,同時亦希望他振
　　 作,不要重蹈後主昏庸亡國的覆轍。措辭相當尖銳大膽。

〔7〕 梁甫吟:古謠曲名。《三國志·蜀書·諸葛亮傳》:"亮躬耕隴
　　 畝,好為《梁甫吟》。" 這句是以諸葛亮自比,而慨歎不為時
　　 用;同時,也希望能有其他如諸葛亮般的人材出而拯世,挽
　　 救危局。

【評析】

　　此詩筆健氣雄,吞吐大荒,為杜甫律詩上乘之作。八句可
抵一篇煌煌史論。

首聯寫登樓之時勢，次聯為臨眺之景觀。由此引出三、四聯之感慨，指出導致國家“多難”、國人“傷心”之緣由，乃上無明主，下乏賢臣，外有強寇。因而在慨歎自己不能見用的同時，也寄望於有別的如諸葛亮般的人物出現，以濟時艱。

八陣圖

【題解】

八陣圖,是諸葛亮聚石成堆擺成的陣式,在夔州(今四川奉節)西南七里長江邊沙灘上。所謂八陣,指"天"、"地"、"風"、"雲"、"飛龍"、"翔鳥"、"虎翼"、"蛇盤"。《劉賓客嘉話錄》:"夔州西市,俯臨江沙,下有諸葛亮八陣圖,聚石分布,宛然猶存。峽水大時,三蜀雪消之際,澒湧滉漾,大木十圍,枯槎百丈,隨波而下。及乎水落川平,萬物皆失故態,諸葛小石之堆,標聚行列依然。如是者近六百年,迄今不動。"這首詩是杜甫在大曆元年(766)初到夔州時作,比劉禹錫所述要早半個世紀。

【譯注】

功蓋三分國,	在三國時代,你功勳蓋世,無與倫比;
名成八陣圖。	名聲更因八陣圖而廣為傳揚。
江流石不轉[1]:	江水長流,陣圖的石塊卻屹然不動,
遺恨失吞吳[2]。	〔似要昭告後人:〕你最大的遺憾就是未能吞滅吳、魏,〔統一天下,興復漢室。〕

164

〔1〕 石不轉：《詩·邶風·柏舟》："我心匪石，不可轉也。"這裏
反用其意。

〔2〕 吞吳：八陣圖布於控扼東吳之口，當然是以"吞吳"為其最
終目的；但這裏的含意又不僅以此為限，詳見以下"評析"。

【評析】

此詩後兩句睹"陣"懷人，為武侯功業未竟而歎惋，猶
《蜀相》"出師未捷身先死，長使英雄淚滿襟"之意。

仇注云："今按下句有四說：以不能滅吳為恨，此舊說也；
以先主之征吳為恨，此東坡說也；不能制主上東行，而自以為
恨，此《杜臆》、朱注說也；以不能用陣法，而致吞吳失師，
此劉氏（逴）之說也。"今人注本，或數說並存，或取前兩說
之其中一說。如蕭滌非先生云："關於'失吞吳'，歷來解說不
一，大致可分為兩派：一派把'失'解作喪失，也就是說以未
得吞吳為恨；一派把'失'解作過失，也就是說以失策於吞吳
為恨。第一派的說法較直截了當。……諸葛亮的聯吳，其實是
一種吞吳的手段，並不是他的目的。"（《杜甫詩選注》238頁，
人民文學出版社，1996年）而傅庚生《杜詩析疑》及劉開揚、
劉新生《杜甫詩集導讀》則贊同第二說。傅說云："三國鼎立，
並不是劉備、諸葛亮的終極目的，目的是復興漢室，統一四海。
當時的策略則是東聯孫權，北拒曹操。待到孫權殺了關羽，劉
備銳意報仇，改變了原來的計劃，以'吞吳'為心，致有猇亭
的敗績。因此，杜詩才說：諸葛亮當年在江邊壘石作八陣圖，
示營陣之法。為甚麼幾百年來，'江流石不轉'呢？可能是漢業

未復，失在吞吳，諸葛有靈，對此事遺恨最深；因之精靈所聚，使八陣圖的遺迹，永存於夔州江畔，供人憑弔。此詩的作意，大約是這樣。倘作如此領會，則四說中當以東坡之說為長。」（《杜詩析疑》193頁）

其實，以上諸說皆有未合。而東坡之說其失尤甚。

因為此詩所詠夔州八陣圖，分明是對付吳國的「獨門絕招」——一種「秘密武器」，其作用無論是進攻或防禦，目的顯然都是「拒吳」，「吞吳」，而不是「聯吳」。因而，諸葛亮深心不忿地要保留這一遺迹，用意便絕對不會是表示「吞吳之失策」（即不該攻打吳國），而只能是藉以寄寓未能最終吞吳的莫大遺憾。那道理，正如只有戰勝者的「凱旋門」才會用炫耀自己「英明神武」的兵器（或戰利品）去裝飾，而日本廣島的「和平紀念碑」則絕不會塑造成原子彈的模型一樣；人們又豈會拿己方克敵制勝的利器去反過來叫人聯想「非戰」的正確呢？所以，由此觀之，蘇軾的「吞吳失計」說肯定不符合此詩原意。

那麼，為人們普遍認可的「未能吞吳」說又如何？應當說基本正確，只惜未盡其意。此詩詠「八陣圖」，而八陣圖主要針對吳國而設，且限於五絕篇幅短小，故篇中只以「吞吳」為言，未及其他。但實際上應已涵括孔明念念不忘的「吞滅吳魏、統一四海」整個大計在內；這是詩家「以點概面」、「以偏概全」之法，就如前引《蜀相》尾聯之舉魏（六出祁山）以賅吳一樣，此則舉吳以賅魏，同為一理。

正如蕭、傅二氏所指出的，聯吳抗曹只是諸葛亮的暫時策略，他的最終目的是要復興漢室，統一四海。而杜甫當時念茲在茲，一再緬懷、推崇諸葛亮（共寫詩十餘首），其主要着眼點亦在於此（當然另外還欽羨其魚水相得的君臣際遇）。因為唐朝當時內憂外患交煎：先有安史之亂，後有吐蕃、回紇侵擾，藩鎮坐大，地方軍閥混戰（尤以蜀地為甚）。在這種種情勢困迫下，國家正面臨分裂、喪亡的危險，故急須有如諸葛亮般的人物出而濟世，以扶危定傾，力挽頹局。因而，在杜甫頌揚諸葛亮諸篇什中，大都宏觀地圍繞如何“兩朝開濟，志決一統”這“大方向”發論抒情，而不會只着眼於一時一事（如稱許其某場戰役，或某一計謀之類）；是以由八陣圖便會聯想到整個吞吳（滅魏）統一大計。另外，我們還應看到，杜詩中拿來與孔明作比擬的，全是像“伊尹、呂尚”，“蕭何、曹參”那樣作君臨天下之帝王宰輔的“重量級”人物，而非割據、偏安一隅的小朝廷“國師”（見《詠懷古迹》之五）。由此可見，把末句只按字面解釋為“遺恨於未能吞滅吳國”，實在意有未足（既“矮化”了諸葛亮，也未透徹瞭解杜甫一再褒崇他的深心）。

我認為，只有這樣解讀本詩——既聯繫特定的時代環境，又結合杜甫有關作品作通盤考察，才能由表及裏地真正把握《八陣圖》詩的豐富內涵。

詠懷古迹五首（其五）

【題解】

所謂詠懷古迹，就是通過吟詠古迹以抒發懷抱。這組詩作於大曆元年（766）居夔州的時候。本篇詠夔州的武侯祠，全面地對諸葛亮給予崇高的評價。

張震《武侯祠堂記》云：唐夔州治白帝，武侯廟在西郊。

【譯注】

諸葛大名垂宇宙，	諸葛亮的大名長存宇宙之間，
宗臣遺像肅清高[1]。	這位舉世宗仰的賢臣的遺像，風貌凜然，清高無比。
三分割據紆籌策[2]，	在天下三分的形勢中，他耗盡心神，運籌決策，
萬古雲霄一羽毛[3]。	千秋萬世，如鸞鳳高翔，獨步雲霄。
伯仲之間見伊呂[4]，	和伊尹、呂尚相比，簡直難分伯仲；
指揮若定失蕭曹[5]。	他的指揮、措置若能成功，則蕭何、曹參也要黯然失色。
運移漢祚終難復[6]，	可惜運會潛移，漢朝〔氣數已盡，故〕帝統難以恢復，

168

志決身殲軍務勞。　　他矢志不移，為繁忙的軍務操心，終至以
　　　　　　　　　　　身殉國。

〔１〕　宗臣：重臣，世所尊仰的大臣。《漢書・蕭何曹參傳・
　　　贊》：“為一代之宗臣。”《三國志・蜀書・諸葛亮傳》裴注
　　　引張儼《默記》稱武侯：“亦一國之宗臣，霸王之賢佐
　　　也。”肅：莊嚴，鄭重。

〔２〕　紆（yū迂）：迴繞，屈曲。形容費盡心思地曲為畫策。

〔３〕　一羽毛：指代珍禽。《梁書・劉遵傳》：“此亦威鳳一羽，足
　　　以驗其五德。”

〔４〕　伯仲：兄弟。伯仲之間，言不分上下。伊呂：伊尹和呂尚。
　　　伊尹曾輔佐商湯定天下，呂尚輔周文王、武王滅商，都是
　　　智計過人、功勳彪炳的開國功臣。彭羕《與諸葛亮書》：
　　　“足下當世伊呂也。”

〔５〕　指揮：羅大經《鶴林玉露》：“指措置經營也，如兵民雜
　　　種、留屯久駐之類。”《漢書・陳平傳》：“誠能棄兩短，集
　　　兩長，天下指揮即定矣。”蕭曹：蕭何和曹參，兩人是輔
　　　佐漢高祖劉邦安邦定國的謀臣、賢相。

〔６〕　祚（zuò做）：帝位。

【評析】

　　通首頌揚諸葛亮，猶如給他寫一篇“評傳”。首句“大名
垂宇宙”，已籠蓋一切。次句從廟中遺像寫起。三句直陳，四
句比喻，五、六句把他和“佐君王、定一統”的幾位著名先賢

比較，都是反復稱美其才略品德，認為當世無匹，古來亦罕儔。最後感歎其生不逢時，只能「鞠躬盡瘁，死而後已」，終其一生。王嗣奭《杜臆》説：「公自許稷契，而莫為用之，蓋自況也。」所謂「詠懷」即指此。

諸葛亮的大名能千多年來一直膾炙人口，杜甫的詩篇其實也起了不容低估的作用。

杜甫的律詩

杜甫五律共630首，幾佔其全集（1,459首）之半。七律151首，超過前此詩人所作七律的總和。技巧則全面而精美，所謂"廣大悉備"，"兼該眾善"，為百代樹楷式，給後人啟示不少創新法門。在中國詩歌發展史上，貢獻良多。

一、量多質優，博綜眾長

經南朝詩人的探索和初唐詩人的努力，五律到杜甫祖父杜審言（約645—708）的時代已充分成熟，且因科舉試士有"試帖詩"一門，須作五言六韻排律（十二句；清代延長至八韻，十六句），故五律的創作可以說非常普及。但七律則不同，它成熟較晚，初唐之世，祇是"英華乍啟，門戶未開"，杜甫以前，作者、作品並不多。從沈佺期（約656—714？）、宋之問（約656—712）始，連王維、孟浩然、李白、高適、岑參、崔顥、李頎、王昌齡、崔曙、祖詠、儲光羲在內，不過十三人、85首而已（據葉嘉瑩《秋興八首集說·代序》統計），題材和表現手法亦較單調。只有杜甫才是七律的"第一位大作家"（蕭滌非《杜甫研究》語），不僅量多（超過其他十三人創作的總和），而且質優，首先將七律的寫作推至精純圓熟的高境界。昔人謂："七言律詩至杜工部而曲盡其變。……其氣盛，其言昌，格法、句法、字法、章法無美不備，無奇不臻，橫絕古今，莫能兩大。"（管世銘《讀雪山房唐詩鈔·凡例》）其實五律亦何嘗不然。故《後山詩話》引蘇軾說："子美之詩、退之之文、魯公之書，皆集大成者也。"秦觀亦云："杜子美者，窮高妙之格，極豪逸之氣，包沖澹之趣，兼峻潔之姿，備藻麗之態，而諸家之作所不及焉；然不集諸家之長，杜氏亦不能獨至於斯也。"（《淮海集》）這雖是評價整體杜詩，但如專論其五七言律既廣匯眾長、又標新領異的成就，更無不合。

二、內容展拓，氣象萬千

杜甫將律詩的內容，從宮廷、邊塞、行旅、贈別、閨怨、寫景、詠史等傳統題材，擴大至涉及現實社會、歷史及個人內心世界的各層面。尤其是七律，前此僅用以奉和、酬答、"應制"，範圍相當狹窄，至杜甫則俯仰古今，縱橫八表，大大開拓其領域。

三、脫棄凡近，窮新極變

杜甫"晚節漸於詩律細"，後期作品技巧雖已十分純熟，但仍精益求精，並不斷突破自己，挑戰新的難度，故在語言藝術上極有可觀。

（一）聲律上：四聲遞用，音調鏗鏘。

1. 單句末字四聲遞用：例如《秋興八首》其一，"林"為韻腳故用平聲，其餘"湧"、"淚"、"尺"三字，分別用了上、去、入三聲。第二首也有類似情況。五律《旅夜書懷》、《登岳陽樓》等等亦然（因首句不入韻，故句末無平聲字，仄聲仍為三聲遞用）。

2. 各聯四聲並見：七律如《秋興》之一、二、三、四、八首，五律如《登岳陽樓》等皆然（《旅夜書懷》第三聯獨缺入聲）。

（二）詞句上：選字千錘百煉，句法靈動奇變。

1. 煉字：包括實字、虛字、疊字等等。實字如《秋興》其一：用"凋傷"（動詞）、"蕭森"（形容詞）等詞語重筆勾勒，營造憂鬱、沉重的感傷（悲秋）氣氛，為全組詩定下基調。接著"兼天湧"從下而上、"接地陰"從上而下，濁浪滔天，烏雲蓋地，進一步具體刻畫"氣蕭森"的境況，令人設身處地，深感壓抑；其中"兼"、"接"兩詞均見力度，又恰到好處。虛字、疊字如《秋興》其三之"還泛泛"、"故飛飛"，配合表現作者眷念家國、感慨身世的情懷："還"、"故"顯得一肚皮苦悶與無奈，而"泛泛"、"飛飛"則悠然自得，我行我素，似全不理會杜甫觸景傷情的感受：正是舟、燕無心，而詩人有意。其他如"侵階碧草自春色，隔葉黃鸝空好音"（《蜀相》）之"自"和"空"，令景中蘊情，"無邊落木蕭蕭下，不盡長江滾滾來"（《登高》）之"蕭蕭"、"滾滾"，繪聲繪影，都有其獨到處。

2. 煉句：用"陌生化"的手法，化平順為突兀老健。

（1）詞序倒裝：如《秋興》的"聽猿實下三聲淚"、"香稻啄餘鸚鵡粒，碧梧棲老鳳凰枝"；《陪鄭廣文遊何將軍山林》之

"綠垂風折筍，紅綻雨肥梅"等等。

（2）節奏反常：七言以上四下三為常，五言以上二下三為常，但作者有時故異於此。如《放船》："青惜峯巒過，黃知橘柚來"（上一下四）；《懷錦水》："萬里橋西宅，百花潭北莊"（上四下一）；《送韋二少府》："念我能書數字至，將詩不必萬人傳"（上二下五）；《宿府》："永夜角聲悲自語，中天月色好誰看"（上五下二），等等皆是。

（3）大幅省略：或稱名詞詞組作句，或稱非主謂句等。如"渭北春天樹，江東日暮雲"（《春日憶李白》）；"細草微風岸，危檣獨夜舟"（《旅夜書懷》）；以及"叢菊兩開他日淚，孤舟一繫故園心"（《秋興》其一）之"他日淚"、"故園心"，等等。

（三）體式上：創用組詩；試為"吳體"。

1. 聯章七律組詩：如《秋興八首》、《諸將五首》、《詠懷古迹五首》等，均為前無古人的創造。

2. 吳體拗律：所謂"吳體"，便是拗體律詩，即句數、對偶、用韻都合乎七律的規矩，但平仄則不諧。杜甫是有意識地"破格"，以豐富七律的表現形式。如《愁》（江草日日喚愁生）、《暮歸》（霜黃碧梧白鶴棲）等等。這種探索，為宋代"江西詩派"一力承傳發展，其影響直延至清末"同光體"的"宋詩運動"。

（四）境界上：虛實相生，意象昇華。

杜甫有時用誇張或超現實的想像，令人產生"別有天地非人間"的感覺。如"蓬萊宮闕對南山"(《秋興》其五)一聯為實寫,接下"西望瑤池降王母"一聯則虛寫;而"織女機絲虛夜月,石鯨鱗甲動秋風"(同上其七)一聯,則每句前實後虛,等等。都可以激發聯想,豐富作品意蘊。實際是晚唐李商隱《無題》一類"朦朧"詩的先導。

四、沾溉無盡,影響深遠

杜甫近體詩既集大成,亦窮百變,體格無所不包,亦無所不精,故不論其為正為奇,都為後人多所師法。吳齊賢論杜云:"就唐人而論,杜公已掩有眾長。如'不見李生久,佯狂真可哀。世人皆欲殺,吾意獨憐才',則元、白也;'客醉揮金椀,詩成得錦袍。麝香眠石竹,鸚鵡啄金桃',則溫、李也;'萬壑樹聲滿,千崖秋氣高'、'眼穿當落日,心死着寒灰',則賈島也;'崩石欹山樹,清漣曳水衣'、'紅浸珊瑚短,青懸薜荔長',則錢、劉也;'俱飛蛺蝶元相逐,並蒂荷花(按,當作"芙蓉")本自雙',則韓偓、杜牧也;……出其緒餘,已足衣被一代矣。"(仇注本《諸家論杜》)王世貞曰:"(杜甫)五七言律廣大悉備,上自垂拱,下逮元和,宋人之蒼、元人之綺,靡不兼總。"(同上)其中晚唐李商隱、杜牧、杜荀鶴,北宋黃庭堅、陳師道、陳與義,南宋陸游,金代元好問,明末清初顧炎武、陳恭尹,清末康有為、黃遵憲、陳三立等等,都是學杜(律)有得並各有顯著成就的詩家。

秋興八首（其八）

【題解】

這是詩人身寓夔州，心繫京華，因秋遣興之作，故名"秋興"。

全組八章，各有側重，但又圍繞中心，氣脈連貫，首尾照應，構成一個整體，通過秋景的描繪和今昔衰盛的對比，傾吐憂國與自傷之情。體式上富於創意。明人張綖盛讚道："《秋興八首》，皆雄渾富麗，沉着痛快。其有感於長安者，但極言其盛，而所感自寓於中。徐而味之，則凡懷鄉戀闕之情、慨往傷今之意，與夫夷狄亂華，小人病國，風俗之非舊，盛衰之相尋，所謂不勝其悲者，固已不出乎言意之表矣。卓哉一家之言，夐然百世之上，此杜子美所以為詩人之宗仰也。"（《杜工部詩通》）

【譯注】

昆吾御宿自逶迤[1]，　　沿着昆吾、御宿，一路曲折前行，
紫閣峯陰入渼陂[2]。　　紫閣峯北面的峯影，投入渼陂波心。
香稻啄餘鸚鵡粒[3]，　　芳香的稻穀，鸚鵡啄食後，尚有餘粒，
碧梧棲老鳳凰枝。　　碧綠的梧桐，長久棲息着鳳凰，枝葉扶疏。

176

佳人拾翠春相問[4]，　　美人春遊拾翠，彼此互相餽贈，
仙侶同舟晚更移[5]。　　神仙般的伴侶，同舟遊賞，傍晚又再移棹。
綵筆昔曾干氣象[6]，　　從前，我也曾綵筆凌霄，引起皇上垂注，
白頭吟望苦低垂[7]。　　如今白髮蕭疏，長吟悵望之際，又不禁苦
　　　　　　　　　　　苦低頭。

〔１〕　昆吾、御宿：均地名，為長安至渼陂經行之處。《漢書·揚
　　　　雄傳》上：“武帝廣開上林，南至宜春、鼎湖、昆吾、御
　　　　宿，⋯⋯周袤數百里。”晉灼曰：“昆吾，地名也，有亭。”
　　　　顏師古曰：“御宿，在樊川西也。”以漢武帝宿此得
　　　　名。逶迤（wēiyí威移）：道路彎曲而長。

〔２〕　紫閣峯：終南山山峯名。“在圭峯東，旭日射之，爛然而
　　　　紫，其形上聳，若樓閣然”（《通志》），故稱。在今陝西
　　　　省戶縣東南。陰：山北為陰。張禮《遊城南記》注：“紫閣
　　　　之陰即渼陂。”渼陂（bēi卑）：為一大湖，“在京兆鄠縣
　　　　（今戶縣），其周一十四里，北流入潦水”（《長安志》）。
　　　　杜甫《渼陂行》：“半陂以南純浸山，動影裊窱沖融間。”

〔３〕　香稻：一作“紅豆”。顧宸注：“首聯記山川之勝，此聯記
　　　　物產之美，下聯則寫士女遊觀之盛。”按，此聯以寫香
　　　　稻、碧梧為主，而以虛擬的鸚鵡、鳳凰作映帶點綴，表現
　　　　昔日帝王苑囿之氣派、風光。

〔４〕　拾翠：拾取翠鳥羽毛作裝飾。曹植《洛神賦》：“或採明珠
　　　　或拾翠羽。”後“拾翠”泛指婦女春遊景象。問：慰問；
　　　　或餽贈。《詩·鄭風·女曰雞鳴》：“雜佩以問之。”《毛
　　　　傳》：“問，遺也。”

〔5〕 仙侶:《後漢書·郭太(泰)傳》:"太與李膺同舟而濟,眾賓
　　　望之,以為神仙焉。"杜甫早年在長安曾與岑參兄弟同遊渼
　　　陂,一起泛舟,作《渼陂行》。這裏亦兼指其他遊客。

〔6〕 綵筆:喻傑出的文學才華。《南史·江淹傳》:"〔江淹〕夢一
　　　丈夫自稱郭璞,謂淹曰:'吾有筆在卿處多年,可以見還。'
　　　淹乃探懷中得五色筆一以授之。爾後為詩,絕無美句,時人
　　　謂之才盡。"曾:一作"遊"。干:觸犯。氣象:天象。此
　　　喻皇帝、朝廷的凜凜威儀。本句指當年在長安獻賦自薦,得
　　　玄宗賞識的事。即"氣衝星象表,詞感帝王尊"(《留贈集賢
　　　院崔于二學士》)、"憶獻三賦蓬萊宮,自怪一日聲輝赫"
　　　(《莫相疑行》)之意。

〔7〕 吟望:長吟眺望。作者《江亭》:"坦腹江亭臥,長吟野望時。"
　　　一作"今望"。浦起龍《讀杜心解》:"八首雖皆以'望京
　　　華'為主,然首首不脫夔秋,或疑此首中四不黏秋説,便脱
　　　卻矣。殊不知作者於此,偏將當日京華,寫出春夏麗景,末
　　　但用'吟望'、'低垂'一語翻轉,而夔遠秋高之況,悠然言
　　　表,所謂意到而筆不到者此也。"仇注引陳澤洲云:"此
　　　'望'字與'望京華'相應,既望而又'低垂',並不能望
　　　矣。筆干氣象,昔何其壯;頭白低垂,今何其悲。詩至此,
　　　聲淚俱盡,故遂終焉。"

【評析】

這種七律聯章體,為杜甫之首創。

從整體看,組詩布局縝密,章法謹嚴而富變化,是多樣的

178

統一體。前三首以夔州為主而及於長安；第四首過渡；後四首則以長安為主而歸結到夔州：各有所重，又互相勾連。前三首以時間為線索，由暮、夜而朝；後四首以空間為線索，由城內到城郊，由宮闕及於池苑。即使同為憶長安的後面四首，結構也不盡相同：其中第五、七、八三首，均前六句寫長安，後二句寫夔州，惟獨第六首則反是——前二句夔州，後六句長安。還有每首的尾聯，也是或對結、或散結；對結中，又或為流水對（第二首），或為寬對（第五首）、工對（第七首）。總之，是故意安排得參差錯落，使之同中見異，寓變化於整齊，以收多樣統一的效果。

再從每一首看，均格律精嚴、聲韻鏗鏘、詞藻富贍、用字工切、句法靈動、風格沉鬱頓挫，充分體現詩的繪畫美、建築美和音樂美。如第八首，回憶渼陂之遊，兼寫長安西南郊一帶風光。前六句"鋪排精麗"，盡顯帝王氣象，猶如唐人金碧輝煌的一幅大青綠製作。而結尾"吟望低垂"，突然反撥，遂使情調由樂轉哀，景象亦風雲變色，使人頓生"向之所欣，俯仰間已為陳迹，情隨事遷，感慨係之"的歎喟。組詩至此亦戛然而止，成一含蘊無窮、耐人尋味的大結局。

另外，此詩每聯均具備平、上、去、入四聲。而"香稻"一聯，更以其超常的句法，被各種語法學、修辭學著作反覆引用，成為詩人妙筆生花的著例。

不過，如從更高的要求看，則八詩主要繫念故園和君國，而少關切蒼生，是其不足之處。

杜甫的論詩詩和詩論

在數十年讀書、閱歷、寫作過程中，杜甫積累了極為豐富的經驗，對文藝的源流正變、承傳發展，作品之真偽優劣等問題，深具卓識。因而，在時流"厚古薄今"、妄議昔賢習氣的觸發，以及自己"百年歌自苦，未見有知音"境遇的刺激下，他把個人多年來學習、創作的體會、心得，對古今作家作品成敗得失的評價，以及其他有關文藝方面的見解，以詩的形式陸續披陳，而形成一套較完整系統的理論。在當時雖難收立竿見影之功，對後世卻產生了極為深遠的影響。

一、從"彩麗競繁"到"復古創新"——六朝以來的文壇風尚

南朝是中國詩歌的重要發展期。由於文學本體意識高漲，對藝術形式美的追求日新，尤其是四聲的發現和有意識運用，導致格律詩體的萌芽，故自梁、陳以降，詩作普遍由質趨華——構思新異、刻畫工緻、辭藻密麗、聲韻鏗鏘，更富音樂性。但走向極端的結果，便是"競一韻之奇，爭一字之巧。連篇累牘，不出月露之形；積案盈箱，惟是風雲之狀。世俗以此相高，朝廷據茲擢士"（李諤《上隋高祖革文華書》），唯美之風大行，靡靡之音盈耳。梁、陳"宮體詩"是其最典型的表現。

唐初承六朝餘風，詩人大多雕章琢句，講究形式。如此一來，五七言格律體由是得以完成，但另方面，詩風則綺媚不振。至四傑（王勃、楊炯、盧照鄰、駱賓王）出，情況始有所改觀。稍後陳子昂更大聲疾呼："文章道弊五百年矣！漢魏風骨，晉宋莫傳，然而文獻有可徵者。僕嘗暇時觀齊、梁間詩，彩麗競繁，而興寄都絕，每以永嘆。思古人常恐逶迤頹靡，風雅不作，以耿耿也。"（《與東方左史虬修竹篇序》）他以風雅、"興寄"、漢魏風骨為號召，樹起反齊、梁的旗幟。故韓愈説："國朝盛文章，子昂始高蹈。"（《薦士》）到李白，又再加激揚："大雅久不作，吾衰竟誰陳？……自從建安來，綺麗不足珍。"（《古風》其一）"覽君荊山作，江鮑堪動色。清水出芙蓉，天然去雕飾。"（《經亂離後天恩流夜郎……》）又説："梁、陳以來，艷薄斯極，沈休文又尚以聲律。將復古道，非我而誰？"（見孟棨《本事詩》）經他們"託古革新"一番努力之後，終見"陳拾遺（子昂）橫制頹波，天下質文，翕然一變。至今朝詩體，尚有梁、陳宮掖之風，至公（指李白）大變，掃地並盡"（李陽冰《草堂集序》）。終於收到轉移風氣的效果。

　　這本來是好事。但一些耳食之徒、趨時之士，一知半解，不辨源流，不分皂白，盲目跟風，又走向另一個極端；全盤否定、排斥六朝至初唐的詩歌，而造成濃厚的"好遠遺近"、"貴古賤今"的習氣。杜甫周圍便存在這一類的人。由於和他們意見相左（當然可能不止文藝觀點方面），這些人便把矛頭也指向杜甫，明槍暗箭，對之嘲侮攻擊不已。杜詩所謂"晚將末契託年少，當面輸心背面笑"（《莫相疑行》），韓詩所謂"不知羣兒愚，那用故謗傷"（《調張籍》）者，指的便都是此類無行

"後生"、輕薄小兒。作為後世論詩絕句之祖的《戲為六絕句》，便是在這種背景下產生的。

除此以外，杜甫還在《春日憶李白》，《江上值水如海勢聊短述》，《解悶十二首》之四、五、六、七、八，《偶題》等等作品中表述過自己有關文藝創作和文藝批評的觀點。

二、廣攝眾流，自開生面——杜甫詩論的要點

總括起來，杜甫的詩學理論大致包含如下幾個方面：

第一，從《詩》、《騷》入手，探本窮源，取法乎上。

詩人大力主張"親風雅"，"攀屈宋"，"近風騷"(均見《戲為六絕句》)，並把它作為"遞相祖述復先誰"的答案，瓣香所在，自然十分清楚。他自詡早年即"氣劘屈賈壘"(《壯遊》)，又屢稱"遲遲戀屈宋，渺渺臥荆衡"(《送覃二判官》)、"搖落深知宋玉悲，風流儒雅亦吾師"(《詠懷古迹五首》其二)；讚許別人，便說："大雅何寥闊，斯人尚典型。"(《秦州見敕目……》)"示我百篇文，詩家一標準；羈離交屈宋，牢落值顏閔。"(《贈鄭十八賁》)等等，都可見杜甫強調應首先"上法詩騷"的主張。

第二，要"別裁偽體"，重風雅興寄傳統。

偽體，便是一味因襲模擬、沒有真情實感、缺乏個性和創意的作品。這類偽劣之作"雖多亦奚以為"，更加不能作為效法的對象。杜甫提倡"別裁偽體親風雅"，"竊攀屈宋宜方駕"，正是看重《國風》、《小雅》、楚《騷》情真意切、言之有物、不作無病呻吟的興寄傳統。他推崇陳子昂"有才繼騷

雅，哲匠不比肩。公生揚馬後，名與日月懸。……終古立忠義，感遇有遺篇"（《陳拾遺故宅》），便是因其"《感遇》詩多感嘆武后革命時，寓旨神仙，故公以忠義稱之"（朱鶴齡注）。杜甫又盛讚元結的《舂陵行》、《賊退後示官吏》兩詩，說："粲粲元道州，前聖畏後生。觀乎舂陵作，歘見俊哲情；復覽賊退篇，結也實國楨。……道州憂黎庶，詞氣浩縱橫，兩章對秋月，一字偕華星。"（《同元使君舂陵行》）所以給予這樣高的評價，也是由於認為它們乃合於"比興體制"的"微婉頓挫之詞"（同上詩序）。杜甫自己的創作，大而至《詠懷五百字》、《北征》、"三吏三別"，小而至《春望》、《蜀相》、《江南逢李龜年》，更無不以其"孕大含深，貫微洞密"（白居易《與元九書》），義關風雅，體合興比，為世人永垂範式。

第三，要開闊眼界，轉益多師，兼容並蓄。

杜甫"讀書破萬卷，下筆如有神"，深明創作之甘苦，故能"不薄今人愛古人，清詞麗句必為鄰"（《戲為六絕句》之五），主張"轉益多師是汝師"（同上之六）。他對漢魏六朝及初唐詩人的作品，無不擇善而從，廣採博納，取其菁華，反對隨便加以抹煞。他除了高度讚揚庾信及初唐四傑，嚴斥信口雌黃妄議前賢之浮薄風氣（見《戲為六絕句》、《詠懷古迹五首》其五等）外，對前代不少作家都作了肯定的評價。如說"李陵蘇武是吾師"（《解悶十二首》其五）；又說自己"賦料揚雄敵，詩看子建親"（《奉贈韋左丞丈二十二韻》），"草玄吾豈敢，賦或似相如"（《酬高使君相贈》）；勉勵兒子要"熟精文選理"（《宗武生日》）。稱許高適，則曰"文章曹植波瀾闊"（《追酬故高蜀州人日見寄》），"方駕曹劉不啻過"（《奉寄高常侍》）；嘆美蘇渙，又謂"再聞誦新作，突過黃初詩。乾坤幾反覆，揚馬宜同時"（《蘇大侍御訪江浦賦八韻記異》）。……至於對六朝詩人的讚譽，在"李杜交情"專章內已多所引述，讀者可以覆按。

杜甫對前輩大師深表尊重，於同時代的作者，也會因應各人長處加以讚賞，從不"文人相輕"。如對李白、王維、孟浩然、鄭虔、賈至、高適、岑參、元結、蘇渙等等，都是如此。這裏略舉數例：

> 復憶襄陽孟浩然，清詩句句盡堪傳。即今耆舊無新語，漫釣槎頭縮項鯿。（《解悶十二首》之六）

> 不見高人王右丞，藍田丘壑蔓寒藤。最傳秀句寰區滿，未絕風流相國能。（同上之八）

> 當代論才子，如公復幾人？驊騮開道路，鷹隼出風塵。行色秋將晚，交情老更親，天涯喜相見，披豁對吾真。
> （《奉簡高三十五使君》）

第四，在繼承中發展；要立足於生活，緣情而作，形成自我面目。

在《偶題》詩中，杜甫指出："文章千古事，得失寸心知。作者皆殊列，名聲豈浪垂。……前輩飛騰入，餘波綺麗為。後賢兼舊制，歷代各清規。"歷代名手所以能取得獨特的聲名、地位（殊列），都是由於他們能"兼舊制"——繼承前人傳統，又能"各清規"——形成各自的時代風貌和個人格調面目。而自己的創作能取得今天的成績，受到好評（"車輪徒已斲"、"虛傳幼婦碑"），一方面固然是長期努力師法昔賢（"法自儒家有，心從弱歲疲"）的結果，但更重要的，還是因為能投入生活，感於哀樂，緣情而發，不憑空雕章琢句，作無病之呻吟（"緣情慰漂蕩，抱疾屢遷移。……不敢要佳句，愁來賦別離"）。王、楊、盧、駱之能夠形成初唐的"當時體"（見《戲為六絕句》），其原因亦以此。

他回首任華州司功參軍、寫成《洗兵馬》、"三吏三別"等佳篇那段時期的經歷時說："曾為掾吏趨三輔，憶在潼關詩興多。"（《峽中覽物》）另外，他還有不少詩句提及觸物起興、觸境生情的各種景況，如："感激時將晚，蒼茫興有神，為公歌此曲，涕淚在衣巾。"（《上韋左相二十韻》）"戰哭多新鬼，愁吟獨老翁。亂雲低薄暮，急雪舞迴風。"（《對雪》）"窮愁應有作，試誦白頭吟。"（《奉贈王中允維》）"物微意不淺，感動一沉吟。"（《病馬》）"亂離心不展，衰謝日蕭然。筋力妻孥問，菁華歲月遷。登臨多物色，陶冶賴詩篇。……東郡時題壁，南湖日扣舷，遠遊凌絕境，佳句染華箋。"（《秋日夔府詠懷奉寄鄭監李賓客一百韻》）等等。這些，都是詩人杜甫成功的創作經驗的總結。

第五，要筆力雄健，境界壯闊，但又能放能收，避免風格單一。

杜甫盛讚庾信後期詩文，謂其"凌雲健筆意縱橫"（《戲為六絕句》之一），實際正表達了自己的美學理想。所以他讚李白，是"筆落驚風雨，詩成泣鬼神"；稱高適，是"驊騮開道路，鷹隼出風塵"，是"文章曹植波瀾闊"：都着眼於遒勁雄健、沉鬱壯偉之美。但杜甫深知風格多樣化的重要性，所以也用"清新庾開府，俊逸鮑參軍"比美李白，以"詩清立意新"（《奉和嚴中丞西城晚眺十韻》）頌揚嚴武。

"或看翡翠蘭苕上，未掣鯨魚碧海中"（《戲為六絕句》之四）之"翡翠蘭苕"和"掣鯨碧海"，是截然不同的兩種境界，杜甫自是屬意於後者，但對前者也無刻意否定。他的《絕句》："兩箇黃鸝鳴翠柳，一行白鷺上青天；窗含西嶺千秋雪，門泊東吳萬里船。"除寫景外，也可視作杜甫審美理想之更全面的形象化體現。正因如此，所以他本人的創作，才會"上薄《風》、《騷》，下該沈、宋，古傍蘇、李，氣奪曹、劉，掩顏、謝之孤高，雜徐、庾之流麗，盡得古今之體勢，而兼人人之所獨專"（元稹《唐故工部員外郎杜君墓係銘並序》）。

第六，須聲情並茂，文質相生，講究藝術形式美。

這主張，在杜甫後期強調更力。所謂"為人性癖耽佳句，語不驚人死不休"（《江上值水如海勢聊短述》）；"陶冶性靈存底物？新詩改罷自長吟。熟知二謝將能事，頗學陰何苦用心"（《解悶十二首》之七）；"晚節漸於詩律細"（《遣悶戲呈路十九曹長》）；"遣辭必中律"（《橋陵詩三十韻因呈縣內諸官》）；"文律早周旋"（《哭韋大夫之晉》）；"賦詩新句穩，不覺自長吟"（《長吟》）；"思飄雲物外，律中鬼神驚，毫髮無遺憾，波瀾獨老成"（《敬贈鄭諫議十韻》）等等，集中體現了杜甫對詩歌的音樂性、對藝術之意境美和形式美應盡可能完滿結合的高度重視。他自己的近體詩，幾乎每聯都四聲兼備；而單句（即一、三、五、七句）句腳末字則多以上、去、入三聲遞用；每句中連用的仄聲字（如"平平仄仄仄平平"）也盡量避免聲調雷同……這種種匠心安排，正是詩人為如何達至聲情並茂之境而作的精意示範，給後來作者不少啟發。

白居易說："詩者：根情，苗言，華聲，實義。"（《與元九書》）杜甫之佳作，可謂根深苗壯，華美而實豐，"毫髮無遺憾"矣。

戲為六絕句

這組詩寫於代宗廣德二年（764）在嚴武幕府任"節度參謀"的時候，與《莫相疑行》、《丹青引》等應屬同期之作，都是針對"是古非今"的潮流風氣，有感於一些信口雌黃、妄議前輩，也不尊重自己的輕薄"羣兒"、無行"後生"的所為而發。但其中實蘊含着作者嚴肅、鄭重的詩論見解，較全面地表達了杜甫對文壇歷史和現狀的看法。在體裁上，又下開歷代"論詩絕句"的先河。因而在文學史和文學批評史中有其特殊的地位。

所謂"戲"，本指幽默風趣的開玩笑態度，也可指"輕藐"的態度，根據情況、對象的不同，可作不同理解。在杜甫詩中，它或為自我嘲弄（如《官定後戲贈》），或為對朋友的善意調侃（如《戲題王宰畫山水圖歌》），或為對某些人事的譏諷貶斥（如《戲作花卿歌》），等等。這組詩前四首均含揶揄、嘲諷（一、三首）或指斥（第二首）、批評（第四首）之意，故曰"戲為"。末兩首則自道經驗，為後學指示門徑：實際已經越寫越認真了。

【譯注】

（其一）

庚信文章老更成[1]，　　　庚信的詩文到晚年成就更大，

凌雲健筆意縱橫[2]。　　　雄健的筆力氣勢凌雲，意態縱橫如意。

今人嗤點流傳賦[3]，　　　現在的人卻指點嗤笑他流傳的辭賦，

不覺前賢畏後生[4]。　　　看來前賢真不禁要覺得"後生可畏"呢。

〔1〕 庚信：字子山，梁朝名詩人，早期作品清新綺麗，為世人
　　　所尚，稱為"庚體"。後出使西魏被扣留。北周代西魏，
　　　他在北周做官，官至驃騎大將軍、開府儀同三司，世稱
　　　"庚開府"：其時梁朝已亡。故庚信晚年作品特多滄桑之
　　　感，藝術上也更為成熟，格高調老，筆力雄勁。代表作有
　　　《詠懷》詩二十七首、《小園賦》、《哀江南賦》等。杜甫
　　　《詠懷古迹五首》其一云："庚信平生最蕭瑟，暮年詩賦動江
　　　關。"與此句意略同。成：成熟，取得成就。

〔2〕 凌雲：高出雲霄。

〔3〕 如唐人令狐德棻《周書·王褒庚信傳論》云："然則子山之
　　　文，……其體以淫放為本，其詞以輕險為宗，故能誇目侈於
　　　紅紫，蕩心逾於鄭衛。昔楊子雲有言：'詩人之賦麗以則，
　　　詞人之賦麗以淫。'若以庚氏方之，斯又詞賦之罪人
　　　也。"

〔4〕 畏後生：《論語·子罕》："後生可畏，焉知來者之不如今
　　　也。"這句以反語譏刺嗤笑前賢的"後生"。一說，此句
　　　意為："豈知前賢自有品格，未見其當畏後生也。"（仇注）

這一首評庾信，尤其推許其後期之作，而諷"嗤點"者之有眼無珠。

（其二）

王楊盧駱當時體[1]，	王（勃）、楊（炯）、盧（照鄰）、駱（賓王）開創了當時的體制風格，
輕薄爲文哂未休[2]。	輕薄之輩卻爲文嘲諷，哂笑不休。
爾曹身與名俱滅[3]，	你們這些人將來一死，便永遠再沒人提起，
不廢江河萬古流[4]！	〔而真正有價值的東西〕卻如不息的江河，萬古長流！

〔1〕 王楊盧駱：王勃、楊炯、盧照鄰、駱賓王，號"初唐四傑"。

〔2〕 輕薄爲文：輕薄之人爲輕薄之文。輕薄：輕靡淺薄。《北史·柳慶傳》："近代以來，文章華靡，逮於江左，彌復輕薄。"又指輕佻浮薄之人。哂（shěn審）：微笑；此指含譏帶諷的訕笑。如杜詩趙次公注引《玉泉子》云："時人之議：楊好用古人姓名，謂之點鬼簿；駱好用數〔目作〕對，謂之算博士。"

〔3〕 爾曹：你們。是不客氣的稱呼。這裏指哂笑者。

〔4〕 不廢：不枯竭。不廢江河，這裏主要喻指四傑及其代表"當時體"的詩文，但杜甫亦隱然以之自況。有人釋"不廢"爲"不傷"、"無害"，"是說無損於四傑的萬古流傳"（見蕭滌非注本，鄧魁英、聶石樵注本等），實欠妥。因

為如要這樣解釋，則上句便應為“爾曹身與名雖在”，先讓一步，下句再轉折：“也無損於……”，文意才順暢。

這首與下一首皆評初唐四傑。而直斥譏議者無自知之明。

（其三）

縱使盧王操翰墨[1]，　　　縱然盧、王等人的創作，

劣於漢魏近風騷[2]，　　　不及漢魏之接近《國風》、楚《騷》，

龍文虎脊皆君馭[3]，　　　但畢竟他們都是可供君王策馭的千里良駒，

歷塊過都見爾曹[4]。　　　你們不妨也“過都如歷塊”般跑跑，看又如何。

〔1〕 操翰墨：寫作詩文。翰墨，筆墨。曹丕《典論·論文》：“是以古之作者，寄身於翰墨。”

〔2〕 風騷：《國風》和《離騷》。沈約《宋書·謝靈運傳論》：“自漢至魏，四百餘年，辭人才子，文體三變。……莫不同祖《風》《騷》。”

〔3〕 龍文、虎脊：皆漢廷良馬名。見《漢書·西域傳贊》及漢《郊祀歌》。

〔4〕 歷塊過都：《文選》王褒《聖主得賢臣頌》：“過都越國，蹷如歷塊。”呂延濟注：“蹷，疾也。言過都國疾如行歷一小塊之間。”是說良馬越過都邑就如越過土丘般快捷容易。蹷（jué厥），迅疾。塊，土堆。

這一首揶揄那些輕薄小兒妄議前賢，而不知自己斤兩。

（其四）

才力應難跨數公[1]，	才華、功力料應難以超越他們幾位，
凡今誰是出羣雄[2]？	今天又有誰是出類拔萃的人物？
或看翡翠蘭苕上[3]，	像翡翠於蘭花上嬉戲式的作品還偶可看到，
未掣鯨魚碧海中[4]。	卻未見有滄海掣鯨的氣魄和力量。

〔1〕 數公：指庾信、四傑等。

〔2〕 凡今：今天所有（人中）。《詩·小雅·常棣》："凡今之人，莫如兄弟。"

〔3〕 翡翠：小鳥名，毛色美艷。蘭苕（tiáo 條）：蘭花。《文選》郭璞《遊仙詩》："翡翠戲蘭苕，容色更相鮮。"李善注："蘭苕，蘭秀也。"這裏用來比喻纖穠小巧但不乏清新之作。

〔4〕 掣（chè 撤）：牽拉。鯨魚：大魚。掣鯨碧海，比喻筆力雄健、境界闊大之作。按，其時王維、李白、鄭虔、蘇源明等已先後去世，故有此語。作者本年詩《哭台州鄭司戶、蘇少監》："豪俊何人在？文章掃地無！"也同此感慨。

這首是以上三首的總結。承上而啟下。

（其五）

不薄今人愛古人，	不菲薄今人，也愛重古人，
清詞麗句必爲鄰[1]。	只要是清麗的詞句，都一定常伴左右。
竊攀屈宋宜方駕[2]，	既然私心嚮慕屈宋，就應努力與他們並

| | 駕齊驅， |
| 恐與齊梁作後塵[3]。 | 惟恐落到下游，作齊梁的尾巴。 |

〔1〕 清詞麗句：沈約《謝靈運傳論》：“清詞麗曲，時發乎篇。”

〔2〕 竊：私下。屈宋：屈原、宋玉。這裏實包括《風》、《騷》而言。方駕：並駕。劉峻《廣絕交論》：“遒文麗藻，方駕曹王。”

〔3〕 齊梁：指齊、梁時代偏向輕倩綺豔的作品和文風。

以上兩句是說，既愛重古人，就應努力學習他們的優點、長處；而不菲薄今人，也應保持警惕，避免沾染他們的缺點、毛病。

最後這兩首是作者自道經驗和心得，為時輩指示讀書、創作的津梁：要廣採博收，力爭上游，同時也要保持警覺，揚長避短，才能寫出好作品。

（其六）

未及前賢更勿疑，	你們比不上前賢，是不爭的事實。
遞相祖述復先誰[1]？	輾轉相師承，到底該以誰為先呢？
別裁偽體親風雅[2]，	應當鑑別、裁汰各種偽劣詩體，首先上親風雅，
轉益多師是汝師[3]。	再轉而向多方面學習、取益，便是你等正確的從師之道。

〔1〕 遞：順次序。祖述：師承、效法。《禮記·中庸》：“仲尼祖述堯舜，憲章文武。”沈約《謝靈運傳論》：“王褒、劉

向、揚、班、崔、蔡之徒，異軌同奔，遞相師祖。"先誰：
以誰為先；首先學習誰。

〔2〕　僞體：錢謙益注："《風》《騷》有真風騷，漢魏有真漢魏，等
而下之，至於齊、梁、初唐，莫不有真面目焉。舍是則皆僞
體也。"風雅：《國風》和大小《雅》。這裏實兼包楚《騷》
而言。郭紹虞説："按照古人稱名用詞的習慣，與《風》連稱
的《雅》常指《小雅》，而與《頌》連稱的《雅》則常指
《大雅》。《大雅》傾向於歌頌，《小雅》則多怨誹。因此杜甫
所謂‘親風雅’，就是重在繼承《國風》反映現實和《小雅》
怨刺的傳統。"（《杜甫戲為六絕句集解、元好問論詩三十首
小箋·後記》）可參考。

〔3〕　益：取益。汝：指"爾曹"。

這首從學習、師承的角度，再諄諄教誨之。"別裁"句，猶上首後半
之意；"轉益"句，即上首前半之意。

【評析】

曹丕《典論·論文》説："常人貴遠賤近，向聲背實，又患
闇於自見，謂己為賢。"杜甫的《戲為六絕》即針對這種弊病
而發。

這組詩前四首評議前賢和時輩，後兩首自述心得，提出正
確的意見和主張。作者高度評價了庾信和初唐四傑的成就，指
出他們代表着一代文風，有不朽的價值；同時對當時一些薄劣
文人一知半解地疵議前輩的風氣嚴加指斥，也表達了對輕侮自
己的"世上羣兒"的鄙夷和憤慨，以及對自身才力與成就的充

分信心。最後現身説法，為後學指示讀書為文的門徑。杜甫認為，必須先溯其源，再廣其流，也就是首先上親風雅，力攀屈宋，然後別裁偽體，轉益多師，在有選擇地兼收並蓄的前提下變化出新，自成面目，才有可能取得真正邁越“前賢”的成就。

郭紹虞先生説：“杜甫《戲為六絕句》，開論詩絕句之端，亦後世詩話所宗。論其體則創，語其義則精。蓋其一生詩學所詣，與論詩主旨所在，悉萃於是，非可以偶爾遊戲視之也。”（《杜甫戲為六絕句集解·序》）可見杜甫這組詩的價值和影響。郭氏又説：“論詩絕句，從杜甫的《六絕句》後，其專談理論者，以吳可、戴復古為最早（按，宋代吳可有《學詩三首》，戴復古有《論詩十絕》），其論作家者，以元好問為最早（按，元有《論詩三十首》）。”（《杜甫戲為六絕句集解、元好問論詩三十首小箋·後記》）其中元好問《論詩三十首》聲名尤著。後來則以清初王士禎《戲仿元遺山論詩絕句三十五首》較有影響。

有研究者指出，這種體裁由老杜開其端後，在唐、宋、元、明，代有製作，至清代而大盛，論詩絕句組詩每種有多達四十首、五十首甚至一百首以上的，最高紀錄是馮繼聰的《論唐詩絕句》，竟達五百七十一首之多。（見楊松年《杜甫〈戲為六絕句〉研究》。）可謂洋洋大觀矣。

杜甫的題畫詩

題畫詩，就是題詠圖畫的詩歌。他們或描述畫景，詠嘆人事；或觸境生情，浮想聯翩；或評騭畫家，論量畫藝；或藉題發揮，抒寫感慨……體式上也有四言、五言、七言、雜言之分，但作為"因畫賦詩"、觀畫發興的作品，本質上並無二致。不過按實際運用情況，題畫詩也可分為兩大類：一類是獨立於畫幅之外的，屬於"詩畫分流"的形式；一類是題在畫中，構成畫面有機組成部分的，屬於"詩畫合一"的形式。後者為中國所特有，但形成較遲（北宋），這裏暫不談論。

一、題畫詩的起源和發展

"詩畫分流"的題畫詩起源甚早。以往一般認為始於唐代。如清人沈德潛在《說詩晬語》中肯定地說："唐以前未見題畫詩。開此體者，老杜也。"而陳邦彥（康熙進士）編、收詩九千首的《御定歷代題畫詩類》，也不過是從初唐上官儀開始。直到本世紀八十年代出版的不少題畫詩集，仍持同樣見解。這問題近年在中國大陸曾引起過一番爭議，最後較集中的意見是認為題畫詩始見於六朝。如張晨等《中國題畫詩分類鑑賞辭典》（1992）云："題畫詩萌芽於晉宋南北朝，成型於唐五代。"吳企明等《歷代題詠書畫詩鑑賞大觀》（1993）云："題詠書畫詩濫觴於六朝，興於唐而盛於宋。"而被他們視為成熟的題畫詩最早例子的，都不外是北齊蕭愨的《屏風詩》或北周庾信的《詠畫屏風詩二十五首》。

但實際上，這類詩應起源於上古，若按有實據可查而論，則始見於先秦。屈原是有姓名可考的首位題畫詩作者。漢代王逸《楚辭章句》說：

> 《天問》者，屈原之所作也。……屈原放逐，憂心愁悴，彷徨山澤，經歷陵陸，嗟號旻昊，仰天嘆息。見楚有先王之廟及公卿祠堂，圖畫天地山川神靈，琦瑋僑佹，及古賢聖怪物行事。周流罷倦，休息其下，仰見圖畫，因書其壁，呵而問之，以渫憤懣，舒瀉愁思。

如果這則記載可靠的話，那麼《楚辭》中的《天問》不就是中國現存第一篇四言（部分雜言）題畫詩嗎？其實，從先秦到漢、晉都十分流行的"畫贊"（又稱"畫詩"）、"圖贊"（又稱"圖詩"）、"像贊"等都是韻語，也屬這一類作品。著名者有曹植的《畫贊》、《長樂觀畫贊》，晉夏侯湛《東方朔畫贊》、郭璞《山海經圖讚》等等。這些作品，一般是描敍、詠嘆畫中的人或事物，尚未直接涉及對畫家、畫藝的評騭。但不少寫得形象生動，饒有詩意。如《山海經圖讚》之：

> 崑崙月精，水之靈府。惟帝下都，西老之宇。嵊然中峙，號曰天柱。（《崑崙丘》）

> 駮惟馬類，實畜之英。騰髦驤首，噓天雷鳴。氣無不凌，吞虎辟兵。（《駮》）

> 爭神不勝，為帝所戮。遂厥形夭，臍口乳目。仍揮干戚，雖化不服。（《形夭》）

安得沙棠，制為龍舟。汎彼滄海，渺然遠遊。聊以逍
遙，任波去留。（《沙棠》）

等等，都是寫景（物）、抒情佳製，而《駮》更可視為最早的
題詠畫馬詩。

二、五言題畫詩的出現

非以"頌"、"贊"體而直接以普通詩歌形式出現的五言題
畫詩，當由陶淵明（365—427）發其端，這點向為人們所忽
略。古《山海經》有圖有文，故郭璞（276—324）曾撰《山海
經圖讚》，而陶淵明則有《讀山海經詩》。詩共十三首，第一
首云："……泛覽周王傳，流觀山海圖。俯仰終宇宙，不樂復何
如？"以後十二首即詠《山海經圖》所繪的神人或事物，幾乎
可與郭璞之作一一比照：

迢遞槐江嶺，是謂玄圃丘。西南望崑墟，光氣難與儔。
亭亭明玕照，落落清瑤流。恨不及周穆，託乘一來游。（其
三）

逍遙蕪皋上，杳然望扶木。洪柯百萬尋，森散覆暘谷。
靈人侍丹池，朝朝為日浴。神景一登天，何幽不見燭？
（其六）

精衛銜微木，將以填滄海。形夭舞干戚，猛志固常
在！同物既無慮，化去不復悔。徒設在昔心，良辰詎可待。
（其十）

詩中不但描述畫景，且就畫意發論和抒情，實為上承郭璞《圖
讚》，下開唐宋題畫詩先聲的佳什。所詠多以人物為主，這是

與魏晉時代繪畫發展狀況相一致的。類似的神話、傳說題材在存世的漢魏六朝壁畫、漆畫、帛畫、磚石刻中都十分普遍。可以說，《讀山海經詩十三首》是現今有據可查的五言題畫詩的首篇。

古代繪畫除圖於牆壁、絹帛上之外，還繪於團扇、屏風等等器物上，故晉代以來，隨着詠物詩興起，漸見有題詠畫扇、畫屏（障）之類作品出現。但縱觀六朝，並無哪一首詠扇詩算得上真正的題畫詩，只有詠畫屏的某些作品（蕭愨《屏風詩》、庾信《詠畫屏風詩二十五首》）以及南梁江淹《雲山讚四首》能專意畫境之描繪，遂得廁身五言題畫詩的行列。

三、七言題畫詩的產生

到唐代，隨着南北統一，經濟發達，中外交流活躍，繪畫藝術進一步繁興，詩人題畫之機亦日漸增多。而七言詩體的成熟，又促進題畫詩從五言向七言發展。由於句子加長，可容納更多詞藻，且令句法靈活多變，所以能表現更豐富複雜的內容。現存七言題畫詩最早的一首，是初唐上官儀（605—664）的《詠畫障》。該詩題詠屏風上畫的臨流仕女圖，筆觸細膩，但手法仍未能突破"純畫景"的描繪。到陳子昂運用騷體詩題畫，才有所創新："山圖之白雲兮，若巫山之高丘。紛羣翠之鴻溶，又似蓬瀛海水之周流。信夫人之好道，愛雲山以幽求。"（《山水粉圖》）末兩句越出畫面的局限，讚揚畫主（可能便是畫家本人）的襟懷品格，初步顯示詩人拓展題畫詩疆界的努力。

李白的作品又跨進一步，從畫景描繪進而神遊畫外，抒述對畫圖的觀感，有的更開始觸及評論畫家與技法的範疇。如《當塗趙炎少府粉圖山水歌》結束部分：「五色粉圖安足珍？真山可以存吾真。若待功成拂衣去，武陵桃花笑殺人！」便表達了詩人在「舉世皆濁」的環境裏打算超然遠引、及早退隱的思想。而其開端部分：「峨眉高出西極天，羅浮直與南溟連。名工繹思揮彩筆，驅山走海置眼前。……」以及《觀元丹丘坐巫山屏風》之「高咫尺，如千里，翠屏丹崖粲如綺」、《觀博平王志安少府山水粉圖》之「粉壁為空天，丹青狀江海」、《求崔山人百丈崖瀑布圖》之「聞君寫真圖，島嶼備縈迴。石黛刷幽草，曾青澤古苔」等等，已直接論及畫家之剪裁、布局、筆法、設色，尤其突出了中國山水畫以散點透視方式營造「咫尺千里」效果的構圖特點，令人有耳目一新之感。

到杜甫，在集諸家大成的基礎上，加上他本人的努力探索，終於水到渠成地在題畫詩中開出新境界，把這種詩體形式推上藝術美的高峯。

四、杜甫題畫詩的成就和價值

（一）題材、技巧

杜甫現存題畫詩二十餘首，在其全部創作中所佔比重雖不算大（不足百分之二），但成就卻非同一般，就如其論詩詩一樣，有開宗創派的意義。

杜甫題畫詩的題材廣及山水、人物、松、鷹、鶴、馬各方面（也有兼詠畫家之作──如鄭虔、曹霸），就題材之廣泛、涉及畫科之眾多而言，實屬空前。在杜甫之前，題畫詩大致經歷了從"以畫作真"、描繪畫景,到觀畫神遊、冥思象外的演進階段。而從陳子昂、李白開始,又初步引入對畫家、畫藝的評騭。詩和畫的關係變得更密切了。但題畫詩的殿堂,只是到了藝術大師杜少陵手上,才真正達至萬戶千門、美輪美奐的最高境界。作者已不再局限於題詠畫境,而是縱橫決驟,馳騁遐想,在詩中兼評人格、畫品,闡述藝術見解,或者詠嘆時局,甚至觸緒無端,由畫師遭際引發對宇宙人生的感慨,從而大大拓展了作品的內涵。如《奉先劉少府新畫山水障歌》、《戲為韋偃雙松圖歌》、《戲題王宰畫山水圖歌》、《丹青引(贈曹將軍霸)》、《韋諷錄事宅觀曹將軍畫馬圖》等等,都是較典型的例子。

在表現形式方面,杜甫成功地糅合了多種藝術技巧,"以畫法為詩法"(王嗣奭《杜臆》),融詩畫於一爐,創造出渾涵博大、奇奧峻拔的境界,將這種詩體形式美的"張力"充分發揮,因而廣為後人所尊崇、取法。不但詩人題畫時"往往宗之"(沈德潛《唐詩別裁集》),便是揮灑丹青的藝術家,在"經營位置"之際,也會視詩如畫,受其啟發影響——比如畫家王伯敏就記述過他與傅抱石、潘天壽如何根據李、杜題畫詩構思山水畫的往事。所以宋人蔡絛《西清詩話》指出:"丹青、吟詠,妙處相資。"誠深有體會之言。

(二)代表作

杜甫的題畫詩分屬其創作前、後兩時期,具體又表現為三個發展階段。《畫鷹》,《題壁上韋偃畫馬歌》、《戲題王宰畫山水圖歌》以及《丹青引(贈曹將軍霸)》可視為體現此三階段不同藝術特色的代表。

《畫鷹》是前期之作，寫於詩人剛腸嫉惡、意氣飛揚的青年時代。通過畫中之鷹呼之欲出的不凡氣概，寄寓了自己「臨風思奮」的壯志和除惡務盡的決心。不過，雖則形象鮮明，託興深遠，但寫作技巧畢竟未離「描繪畫境，抒述感受」的傳統模式，尚欠超羣邁往的獨造之處。題韋偃、王宰畫兩首是四十八歲（上元元年，760）初寓成都草堂時的作品，與前者相較，手法已更顯成熟而具創意。如《戲題王宰畫山水圖歌》，作品除細述畫中山川異境和觀者愛不忍釋的情懷外，還以誇張而風趣的筆調，讚許王宰之畫德、畫品，展現其精神風貌：有嚴謹認真的創作態度和從容高雅、任性率真、不為世俗拘牽的品格（其獨創的畫境蓋亦與此有關）。最後特別指出畫家「尤工遠勢」的超詣絕人處，並闡明畫理。經杜甫生花妙筆點染，畫家「意超象外」、「奇思百出」的風格特點更顯鮮明。

《丹青引》是杜甫自創的樂府新題，此詩賦贈畫家曹霸，寫於作者重返成都的後期（五十二歲）。作品體現了少陵題畫詩「使筆如畫」（方薰《山靜居論畫》）、「搜奇抉奧」（王士禎《帶經堂詩話》）、氣象萬千的高度藝術成就。從作者早期的《畫鷹》尚未脫前人矩矱，到中期題韋偃畫馬、王宰畫山水，已增添了吟詠畫家、畫法、畫品、畫理的內容，藝術手法無疑有了明顯的發展。到後來《丹青引》便在此基礎上「更上層樓」，進而展開宇宙人生的思索。在內涵之豐富、視野之開闊、技巧形式之精妙純熟方面，都達至前無古人之境，難怪會贏得「古今題畫第一手」（申涵光語），甚而「古今七言詩第一壓卷之作」（翁方綱語）的美譽。

（三）時代環境

杜甫的題畫詩能夠匠心獨運，廣拓堂廡，開闢軒翥宏麗的新境界，除了得力於詩人的湛深功力和嚴謹的創作態度外，還與時代環境因素息息相關。

唐朝是中國歷史的盛世，文治武功皆有驕人成就。在文藝方面，詩歌、繪畫、書法、音樂、舞蹈，無論哪一領域，都是名家輩出，異彩紛呈，為中國藝術史以至世界文化史增添光輝的一頁。盛唐繪畫水準極高，畫家精湛的技巧和別出心裁的製作，在當時和後世，對社會各階層以至東方各國，都產生深遠影響，也為詩人提供了豐富的素材，激發起他們的創作靈感。加以杜甫自幼即熱愛繪畫和書法，對藝術浸淫甚深，與畫家過從甚密：他"九齡書大字，有作成一囊"（《壯遊》）；年青時在江寧（今南京）瓦棺寺看過顧愷之的維摩詰像，廿多年後仍銘記於心："看畫曾飢渴，追蹤恨渺茫，虎頭金粟影，神妙獨難忘"（《送許八拾遺歸江寧》），以後還多次提到顧氏之作，而對本朝名手吳道子的妙迹，更從不放過："畫手看前輩，吳生遠擅場：森羅移地軸，妙絕動宮牆；五聖聯龍袞，千官列雁行，冕旒俱秀發，旌旆盡飛揚"（《冬日洛城北謁玄元皇帝廟》）；他和畫師韋偃、王宰都很要好，對畫馬名家曹霸十分尊重、同情，與忘年交鄭虔更是感情深厚。……這種種因素結合起來，令杜甫下筆題畫，自然不同凡響。

（四）不朽的價值

杜甫的題畫詩描摹精確，形象生動，持論警闢，寓意深遠，不僅是中國文壇的瑰寶，也是美術史上的珍貴文獻。在他筆下出現的畫家除上述諸人外，還有漢代的毛延壽，隋代的楊契丹，唐代的薛稷、姜皎、李緒、吳道子、祁岳、劉單、馮紹正、李尊師、韓幹、畢宏等等。在詩中提及畫家之眾多，反映繪畫藝術之廣泛全面，以唐人論，當推杜甫為第一。今天唐畫大多已失傳，人們無法直接欣賞杜甫曾目睹的名迹，但仍可依據他詩中的評述形容（以及其他一些資料），而穿越時光隧道，尋回失落的記憶，去領略盛唐美術的動人風彩，填補中國繪畫史這一“黃金時段”的空白。（舉例而言，如曹霸、王宰都是得杜詩題詠始大大揚聲於後世；畫山水的劉單和李姓司馬，畫松樹的道士李尊師，更憑杜詩才得以留名；而有“三絕”之稱的鄭虔，其史料也多見於杜詩：由此可略窺杜甫題畫詩的價值。）

畫　鷹

【題解】

　　杜甫對鷹和馬可謂"情有獨鍾"，因為從中可以寄寓自己
的政治抱負、生活態度和審美理想。他由真鷹真馬進而吟詠畫
鷹畫馬，又於題詠中傾注入對真鷹、馬的冀望與深情；並且常
常以之自比。故這類詩歌的形象總顯得血肉豐滿，神采奕奕。

　　《畫鷹》約寫於玄宗開元（713—741）末年，時作者尚未
困居長安，還是血氣方剛的青年，正過着"裘馬清狂"的漫遊
生活。作品通過畫中之鷹呼之欲出的不凡氣概，表現了自己
"臨風思奮"的壯志以及嫉惡如仇的精神。

【譯注】

素練風霜起[1]，	潔白的畫絹上風霜乍起，
蒼鷹畫作殊[2]。	原來畫了隻蒼鷹威猛無匹。
㩳身思狡兔[3]，	牠聳身欲動，想攫拿狡兔，
側目似愁胡[4]。	側目斜視，恍似胡人發愁。
絛鏇光堪摘[5]，	繫足的絲繩、銅軸閃閃生光，如可摘取，
軒楹勢可呼[6]。	蹲立堂前柱上，像可呼喚前來。
何當擊凡鳥[7]，	等哪一天讓牠撲擊卑俗的鳥雀，

毛血灑平蕪[8]。　　　　看毛血紛飛，灑落大草原上。

〔１〕 素練：白絹。風霜起：既喻畫絹之潔白，又形容蒼鷹如挾
　　　 風霜的不凡氣勢。晉·孫楚《鷹賦》："風霜激厲。"

〔２〕 殊：與眾不同。

〔３〕 攫（sǒng 聳）：挺立。思狡兔：孫楚《鷹賦》："擒狡兔於
　　　 平原。"

〔４〕 愁胡：胡人碧眼深目，狀似含愁。古人多以之形容鷹眼。
　　　 孫楚《鷹賦》："深目蛾眉，狀如愁胡。"

〔５〕 絛（tāo 滔）：絲繩。鏇（xuàn 渲）：轉軸；此指金屬圓
　　　 棍。以絲繩繫鷹足拴在金屬短棍上。

〔６〕 軒楹（yíng 營）：泛指廳堂廊柱，是掛畫的地方。軒，有
　　　 窗的長廊或小室。楹，柱子。可呼：可呼之出獵。孫楚
　　　 《鷹賦》："麾則應機，招則易呼。"

〔７〕 何當：何時能夠。表期盼之辭。凡鳥：喻指小人。此句暗
　　　 用《左傳·襄公二十五年》語意："子產始知然明，問為政
　　　 焉，對曰：'視民如子，見不仁者誅之，如鷹鸇之逐鳥雀
　　　 也。'"

〔８〕 平蕪（wú 無）：平曠的草原。全句用孫楚《鷹賦》句意：
　　　 "風毛雨血，灑野蔽天。"

【評析】

首句突兀而來，次句加以解釋，用的是所謂"倒插法"（又
名"逆入"之法）。兩句點題後，第二聯便將真鷹擬畫，第三

聯再說畫鷹如真，類似"暗喻"、"明喻"手法的變換。末聯又對畫鷹寄以真鷹的期望，並融入作者的抱負，把全詩氣氛推向高潮。畫鷹——真鷹——畫鷹——真鷹，層層逼進中，顯得跌宕有致。

杜甫《望嶽》詩説："會當凌絕頂，一覽眾山小！"與此詩結句"何當擊凡鳥，毛血灑平蕪"，兩者一立一破，含意雖有差異，襟抱實無不同。所以都應是剛腸嫉惡，意氣飛揚的青年時代之作。

題壁上韋偃畫馬歌

韋偃（yǎn演，偃一作鷃），長安人，寓居於蜀。以善畫山水、竹樹、人物聞名，思高格逸。朱景玄《唐朝名畫錄》謂其尤長於畫馬，"或騰或倚，或齕或飲，或驚或止，或走或起，或翹或跂；其小者頭一點，或尾一抹。……曲盡其妙，宛然如真。亦有圖騏驥之良，畫銜勒之飾，巧妙精奇，韓幹之匹也。畫高僧、松石、鞍馬、人物，可居妙上品，山水人物等居能品"。韋偃畫現存有絹本設色《雙騎圖》，畫兩人並馬鞭馳，造型生動。另有北宋李公麟摹韋偃《牧放圖》長卷亦傳於世，畫中馬共一千二百餘匹，牧者一百四十三人，聚散有致，筆墨精妙，可稱神品。

這首詩寫於肅宗上元元年（760），杜甫入蜀居於成都草堂之後。韋偃畫就繪在草堂牆壁上。

【譯注】

韋侯別我有所適[1]，	韋侯要離開我到外地去，
知我憐渠畫無敵[2]，	心知我愛他畫技超羣，
戲拈禿筆掃驊騮[3]，	便隨意拿起禿筆揮寫駿馬，

欻見驎騟出東壁[4]。	忽見天馬龍駒出現東面牆上。
一匹齕草一匹嘶[5]，	一匹低頭嚼草，一匹引頸長嘶，
坐看千里當霜蹄[6]，	我欣賞着這凌霜蹈雪，日行千里的駿足，
時危安得真致此，	心想：當今時局艱危，要真能得此良馬，
與人同生亦同死！	與人同生共死，該有多好！

〔１〕 侯：對曾入仕當官者的尊稱。適：去，往。

〔２〕 憐：愛。渠：他。中古人稱代詞。一本作“君”。

〔３〕 驊騮（huáliú 華留）：古稱赤色的駿馬，為傳說中周穆王
     “八駿”之一；此泛指良馬。

〔４〕 欻（xū戌）：忽然。驎騟（lín麟）：神駿的馬匹。

〔５〕 齕（hé紇）：咬嚼。

〔６〕 當（dāng噹）霜蹄：指踐霜踏雪的馬蹄。《莊子·馬
     蹄》：“馬，蹄可以踐霜雪，毛可以禦風寒，齕草飲水，翹
     足而陸。”

【評析】

　　這首詩前半述畫馬之事，後半借馬詠懷，抒身世之感、時
局之痛。仇兆鰲《杜詩詳注》說：“韋偃畫馬在草堂壁上，乃臨
行留蹟也。公愛其神駿，而欲得此以同生死，其所感於身世者
深矣！”浦起龍《讀杜心解》說：“結聯見公本色。”都是指此
而言。杜甫早年的《房兵曹胡馬》詩：“所向無空闊，真堪託死
生！”所抒也是類似感慨，但因時勢盛、衰不同，故情調亦有
異。

作者在敍述韋偃畫馬過程中，先以"無敵"作總讚，再用"戲拈"之戲（表輕快隨意）、"掃驊騮"之"掃"（表揮灑自如）、"欻見"之欻（表快捷）、"出東壁"之出（表逼真）等字眼，凸顯韋氏嫻熟、高超之畫藝。運筆簡潔凝練，甚有氣勢。與王宰"十日畫一水，五日畫一石"之深思熟慮、慘澹經營，一遲一速，適成有趣對比。

戲題王宰畫山水圖歌

【題解】

王宰（生卒年不詳），西蜀（今四川）人，善畫山水松石。肅宗上元元年（760）春，杜甫卜居成都西郊草堂後，與韋偃、王宰交遊，並賦詩相贈。所謂"戲題"，有幽默地題詠，作善意調侃之意，特別見於一起一結中。

據唐人朱景玄《唐朝名畫錄》載："（宰）畫山水樹石，出於象外，故杜員外贈歌云：'十日畫一松，五日畫一石。能事不受相促迫，王宰始肯留真迹。'景玄曾於故席夔舍人廳見一圖障，臨江雙樹，一松一柏，古藤縈繞，上盤於空，下着於水。……又於興善寺見畫四時屏風，若移造化風候雲物八節四時於一座之內，妙之至極也。故山水、松石，並可躋於妙上品。"又張彥遠《歷代名畫記》云："王宰，蜀中人，多畫蜀山，玲瓏窳窆巉差巧峭。"

王氏當時本不大知名，經杜甫此詩揄揚後，遂於畫史上聲名大著。

【譯注】

十日畫一水，　　　　十天畫一道水流，

五日畫一石[1]。	五天畫一塊石頭。
能事不受相促迫[2]，	王宰要不受催迫，
王宰始肯留真迹。	才肯施展所長，留下畫迹。
壯哉崑崙方壺圖[3]，	多壯觀哪，描繪崑崙、方壺仙境的畫圖，
掛君高堂之素壁。	掛在你寬敞廳堂的白粉牆上。
巴陵洞庭日本東[4]，	巴陵的洞庭湖，遙接日本東面大海洋，
赤岸水與銀河通[5]，	赤岸的水流，直與銀河相通，
中有雲氣隨飛龍[6]。	當中雲氣瀰漫，似隨着飛龍舞動。
舟人漁子入浦溆[7]，	舟子、漁夫正忙着將船隻避入港汊，
山木盡亞洪濤風[8]。	水面狂風大作，洪波湧起，山上林木全壓得直不起腰。
尤工遠勢古莫比，	王宰特別擅長表現遠景，古來無人可及，
咫尺應須論萬里[9]。	咫尺之間似有萬里之遙。
焉得并州快剪刀[10]，	怎得有并州鋒利的剪刀，
剪取吳淞半江水[11]。	好把半幅吳淞江水剪裁歸去。

〔1〕 兩句是以風趣而誇張的手法形容構思之認真，醞釀之充
分，而非說他運筆遲滯；相反，是讚美其藝術精能。清·
方薰《山靜居論畫》說：“古人作畫，意在筆先。杜少陵謂
‘十日一石，五日一水’者，非用筆十日五日而成一石一
水也。在畫時意象經營，先具胸中邱壑，落筆自然神速。”
正闡明箇中道理。故近代畫家吳昌碩刻有“十日一水五日
一石”的圖章，黃賓虹也常鈐“五日石”之印，都是以之
自勉。

〔2〕 能事：擅長的事。仇兆鰲《杜詩詳注》引金氏說：“不受促

212

迫方得從容盡其能事，此見王宰品格，亦見主人知音。"

〔３〕 崑崙、方壺：均神山名。崑崙在西方，為西王母所居；方壺
在東方，為海上三神山之一。這句是極言畫圖之壯闊宏麗，
非指實景。下面寫水景同。

前六句為第一段，展現王宰的精神風貌：有嚴謹認真的創作態度和從
容高雅、任性率真、不為世俗所拘的品格。

〔４〕 巴陵洞庭：巴陵縣（治今岳陽市）的洞庭湖。在今湖南省。
巴陵又為山名，在岳陽西南隅，洞庭湖畔。

〔５〕 赤岸：水名。《山海經・大荒西經》："西海之外有赤岸水。"
一說山名，在長江邊。但此非實指。以上兩句極言水勢之浩
渺。

〔６〕 飛龍：仙人的坐騎。《莊子・逍遙遊》："藐姑射之山有神人居
焉，……乘雲氣，御飛龍，而遊乎四海之外。"

〔７〕 浦（pǔ圃）：河岸或水口。溆（xù序）：水邊。

〔８〕 亞：通"壓"，低垂，偃伏。

中五句為第二段，具體描繪畫面：遠處水勢浩茫，雲龍隱現；近景波
濤洶湧，漁舟出沒，山風疾勁，林木盡低。

〔９〕 咫（zhǐ只）：周（代的）尺八寸。《南史・竟陵文宣王子良
附蕭賁傳》："賁字文奐，……能書善畫，於扇上圖山水，咫
尺之內，便覺萬里為遙。"

〔10〕 并（bīng冰）州：古州名，約當今河北保定和山西太原一
帶，以出產鋒利剪刀著名。

〔11〕 吳淞（sōng嵩）：江名，又作吳松。發源於太湖，與黃浦江
合流入海。兩句用晉代索靖典故：索靖觀顧愷之畫，說："恨
不帶并州快剪刀來，剪松江半幅紋練歸去。"

末四句為第三段，指出其畫詣超越前人之處，並闡明畫理；最後表示愛不忍釋之意。

【評析】

本詩不但描繪了畫境，讚揚了王宰的畫藝，還盛稱其畫德、畫品，並闡釋畫理。這種縱橫交織的多層面寫法，是前無古人的，當時有開風氣作用，為後世題畫詩創作啟示了眾多法門。

在聲韻運用上，各段能緊密與內容配合，盡顯抑揚頓挫之妙。首段押入聲韻，音調較促，表現「戲題」之意；中以平聲「圖」字間開，不覺沉悶。次段押平聲韻，洪亮高揚，正適於讚頌宏闊浩瀚的山川美景；中以「淑」字仄聲一抑，形成起伏的節奏感。末段改押仄聲，與中段形成對照，收餘音裊裊之效。故本詩不但「使筆如畫」（方薰《山靜居論畫》評杜詩語），而且很富音樂性。

中國畫不同於西洋畫，它可以用「散點透視」的方法，突破固定視點的局限，把一定視野內難以盡見的景物，凝縮在同一畫面展現出來，以增加縱深感、層次感，並豐富作品的內容。如隋代展子虔的《遊春圖》（傳），唐代李思訓的《江帆樓閣圖》、韋偃《牧放圖》，五代荊浩的《匡廬圖》、董源《瀟湘圖》，宋代趙佶的《雪江歸棹圖》、王希孟《千里江山圖》、張擇端《清明上河圖》、夏圭《長江萬里圖》，元代黃公望的《富春山居圖》等等，都用了這種表現手法，令人感到縱深無盡，又廣遠自然，得「尺幅千里」的妙諦。看來王宰的山水圖也採用了同一手法。而經杜甫的生花妙筆點染，其"意超象外"、"奇思百出"的特點更分外鮮明了。

丹青引 （贈曹將軍霸）

【題解】

　　本篇題贈畫家曹霸。引，原有序奏之意，本為琴曲，又作樂府詩的一體；丹、青是古代繪畫的兩種主要顏料，也是繪事的代稱：這是杜甫自創的樂府新題。"自來注家只解作題畫，不知詩意卻是感遇也，但其盛其衰，總從畫上見，故曰《丹青引》"（浦起龍《讀杜心解》）。

　　曹霸（生卒年不詳）擅長鞍馬、人物，在玄宗開元（713—741）年間已有名於時，天寶（742—755）末常奉旨繪畫功臣和御馬，官至"正三品"的左武衛大將軍。當時"貴戚權門得筆迹，始覺屏障生光輝"（杜甫《韋諷錄事宅觀曹將軍畫馬圖歌》），極受歡迎，但安史亂後卻流落蜀中，生活窮困潦倒。代宗廣德二年（764），杜甫在成都和他相遇，在惺惺相惜之餘，更不勝身世盛衰、才高命蹇之感，因而寫成此詩，在稱頌、慰慂曹霸的同時，隱然藉以自歎。

【譯注】

將軍魏武之子孫[1]，	將軍是魏武帝曹操的子孫，
於今為庶為清門[2]。	現在卻成為平民百姓了。

英雄割據雖已矣，　　　　割據中原的英雄業績雖成過去，
文采風流今尚存[3]。　　曹氏的文采風流至今尚存。
學書初學衛夫人[4]，　　你起初學習衛夫人的書法，
但恨無過王右軍[5]。　　總抱憾無法超過王羲之的成就。
丹青不知老將至[6]，　　浸沉於繪畫藝術中，不覺時光流逝，
富貴於我如浮雲[7]。　　視富貴如浮雲，微不足道。
開元之中常引見，　　　開元中常被引見皇上，
承恩數上南薰殿[8]。　　屢次蒙恩登上南薰殿。
凌煙功臣少顏色[9]，　　凌煙閣的功臣像已剝落褪色，
將軍下筆開生面[10]：　將軍你一下筆使之別開生面：
良相頭上進賢冠[11]，　賢相頭上戴着進賢冠，
猛將腰間大羽箭[12]；　猛將腰間囊插大羽箭；
褒公鄂公毛髮動[13]，　褒國公、鄂國公毛髮如生，
英姿颯爽來酣戰[14]。　英姿勃勃，似要痛快地廝殺一場。
先帝天馬玉花驄[15]，　先皇的御馬玉花驄，
畫工如山貌不同[16]，　無數畫工畫過，神情都不像。
是日牽來赤墀下[17]，　這一天牽來丹墀之下，
迥立閶闔生長風[18]。　牠昂頭挺立，宮殿颯颯生風。
詔謂將軍拂絹素[19]，　先皇下詔，將軍輕拂畫絹，
意匠慘澹經營中[20]，　凝神構思，精意描繪，
須臾九重真龍出[21]，　不一會真龍馬便在宮中出現，
一洗萬古凡馬空[22]！　把以往所有庸工凡馬一掃而空！
玉花卻在御榻上[23]，　玉花驄竟在御榻之上，
榻上庭前屹相向[24]。　榻上的畫馬和庭前真馬屹然相向。
至尊含笑催賜金，　　　皇上含笑催人快賞賜金帛，

圉人太僕皆惆悵[25]。　　養馬、掌馬的官員都惆然若失。

弟子韓幹早入室[26]，　　弟子韓幹早已升堂入室，

亦能畫馬窮殊相[27]。　　畫馬也能窮盡種種形相。

幹惟畫肉不畫骨[28]，　　但幹只重肥碩的體態，卻忽略骨格風神，

忍使驊騮氣凋喪[29]。　　忍心令千里駒顯得無精打采。

將軍畫善蓋有神，　　將軍你畫藝精良，神韻獨具，

偶逢佳士亦寫真[30]；　　碰到優秀人物也偶爾繪張肖像；

即今漂泊干戈際，　　到如今戰亂流離之際，

屢貌尋常行路人[31]。　　便常常給普通路人畫像。

途窮反遭俗眼白[32]，　　窮途末路，反遭俗人白眼，

世上未有如公貧！　　世上沒有比你更貧困潦倒的了！

但看古來盛名下，　　不過，看古來享有盛名的才士，

終日坎壈纏其身[33]。　　又誰不是遭逢不偶，困頓終身的呢。

〔1〕　魏武：指魏武帝曹操。據張彥遠《歷代名畫記》載：“曹霸，魏曹髦（曹操曾孫）之後，髦畫稱於後代。”

〔2〕　庶：庶民。清門：寒門。都是平民百姓之意。蔡夢弼《草堂詩箋》說：曹霸“玄宗末年得罪，削籍為庶人”。

〔3〕　文采：曹操、曹丕、曹植“三曹”擅詩，曹髦擅畫，皆富文采。風流：流風餘韻。

〔4〕　衛夫人：晉代汝陰太守李矩的妻子，姓衛，名鑠，字茂漪，為著名書法家。“書聖”王羲之少年時曾師事之。

〔5〕　王右軍：即王羲之（321—379），曾任右軍將軍，故稱。

〔6〕　不知老將至：語出孔子《論語·述而》：“其為人也，發憤忘食，樂而忘憂，不知老之將至”。這裏借用來表示對藝

術的專注投入。

〔7〕 語出《論語・述而》:"不義而富且貴,於我如浮雲。"表示安貧樂道、澹薄名利的生活態度。

以上八句為第一段,介紹曹霸的身世、修養和專注藝術、不慕名利的高尚品格。

〔8〕 南薰殿:宮殿名,在長安南內興慶宮內,以虞舜《南風歌》:"南風之薰兮,可以解吾民之慍兮"句意得名。

〔9〕 凌煙功臣:指凌煙閣上的功臣畫像。《唐書》載:太宗貞觀十七年(643)二月,命畫家閻立本畫文武功臣二十四人像於凌煙閣,並自作贊文。凌煙閣在西內三清殿側。

〔10〕 開生面:使之重現生氣,放出異彩。生面,如生之面目。

〔11〕 進賢冠:一種黑布冠,是唐代文官朝見天子時所戴禮帽。

〔12〕 大羽箭:《酉陽雜俎》說:唐太宗"好用四羽大笴(gě,箭桿)長箭"。

〔13〕 褒公:褒國公段志玄,功臣像中排名第十位。鄂公:鄂國公尉遲敬德,功臣像中名列第七位。兩人都是著名的勇將。

〔14〕 颯(sà薩)爽:豪邁矯健的樣子。

以上八句為第二段,以點面結合寫法,說明曹霸畫人物畫的高超本領,為下文畫馬作鋪墊。

〔15〕 先帝:指玄宗,已於762年(代宗寶應元年)去世。天馬:神馬;此指帝王的御馬。漢樂府《天馬歌》:"天馬騋,龍之媒,遊閶闔,觀玉臺。"玉花驄(cōng驄):御馬名。《歷代名畫記》:"玄宗好大馬,御廐至四十萬,……有玉花驄、照夜白等。"驄,青白色的馬。

〔16〕 如山:極言其多。貌(mò莫):描摹之意。用作動詞。不

同:指（神態）不肖似。

〔17〕 赤墀（chí遲）:宮廷內以朱漆髹成的紅色臺階與地面。墀,臺階,又指階上之地。

〔18〕 迥（jiǒng炯）立:卓然特立。迥,突出的樣子。閶闔（chānghé昌合）:天門。此泛指宮殿門。

〔19〕 拂絹素:指作畫前的準備。絹素,白絹。杜甫《戲為韋偃雙松圖歌》:"我有一匹好東絹,……已令拂拭光凌亂,請公放筆為直榦。"

〔20〕 意匠:謂作家、畫家之專精用意。陸機《文賦》:"意司契而為匠。"慘澹:形容苦心孤詣。經營:包括構思布局與運筆描繪而言。

〔21〕 九重:指代皇宮。《楚辭·九辯》:"君之門兮九重。"真龍:喻指活生生的駿馬。《周禮·夏官》:"馬八尺以上為龍。"

〔22〕 凡馬:凡庸的馬。兼真馬與畫馬二者。

以上八句為第三段,寫曹霸奉旨畫御馬的經過和現場效果,盛讚其得心應手、無與倫比的畫藝。

〔23〕 御榻（tà搨）:皇帝的坐牀。榻,牀。

〔24〕 屹（yì）:堅定不移的樣子。王嗣奭《杜臆》:"於立曰'迥',於相向曰'屹',便見馬骨之奇。"

〔25〕 圉（yǔ羽）人:養馬人。太僕:掌管宮中車馬的官員。惆悵:形容因極度訝異而至目瞪口呆的樣子。

〔26〕 韓幹（生卒年不詳）,名畫家,玄宗天寶時徵召入內廷供奉,德宗建中年間（780—783）尚在世。長於鞍馬、人物、鬼神,畫馬尤稱著。入室:意謂最得老師的真傳。《論語·先進》:"由也升堂矣,未入於室也。"由,孔子的學生子路。

〔27〕　殊相：指馬的各種不同形態。

〔28〕　畫肉：繪出肥大的外形。畫骨：以遒勁有力的筆觸，畫出矯健峻拔的風神。杜甫《房兵曹胡馬》詩："胡馬大宛名，鋒棱瘦骨成。"因為駿馬必具奇骨，故要求於畫家，也特重瘦硬遒勁、骨氣剛健的風格。這裏説韓幹畫馬"有肉無骨"，表面是批評其畫品、畫格欠佳（猶《文心雕龍·風骨篇》所謂"瘠義肥辭"，"索莫乏氣"），但實際更可能是用"微言大義"的"《春秋》筆法"，針砭其人品、人格方面。詳見筆者另文《試解杜甫對韓幹畫馬評價之謎》。

〔29〕　驊騮：馬名，原為傳説中周穆王的"八駿"之一；此泛指駿馬。

以上八句為第四段，通過畫成後的逼真效果和觀者反應，並用弟子韓幹的畫格作反襯，進一步讚揚曹霸的不凡造詣。

〔30〕　寫真：畫肖像畫。

〔31〕　"屢貌路人"，固然為了謀生餬口，但也出自其對藝術的熱忱。這句與前文（"丹青不知老將至，富貴於我如浮雲"）相應，顯示曹霸"貧賤不移"的可貴品質。

〔32〕　途窮：用阮籍（210—263）"哭途窮"的典故。《三國志》注引《魏氏春秋》："籍時率意獨駕，不由徑路，車轍所窮，輒痛哭而返。"俗眼白：《晉書·阮籍傳》："籍又能為青白眼。見禮俗之士，以白眼對之。及嵇喜來吊，籍作白眼，喜不懌而退；喜弟康聞之，乃賫酒挾琴造焉，籍大悦，乃作青眼。"阮籍哭途窮，以白眼對俗人，現在曹霸遇途窮，卻反受俗人白眼，可見落魄失意之甚。

〔33〕　坎壈（lǎn覽）：困頓不得志。宋玉《九辯》："坎壈兮貧士失

職而志不平。"

　　以上八句為第五段，極寫曹霸現時之潦倒失意，與首段呼應；並推而廣之，既為曹霸，也為自己，更為古往今來一切才高命蹇之士鳴不平。與作者《古柏行》之"志士幽人莫怨嗟，古來材大難為用"，同一感慨。

【評析】

　　全詩由五段四十句組成，八句一段，每段換韻，平仄相間，意隨韻轉，極富規律性，實際已啟導了白居易《琵琶行》、《長恨歌》所謂"元和體"的先聲。作者將敍事、議論、抒情融合為一，手法靈活多變：既有大幅度跨時空的縱向描述（如介紹曹霸的家世、生平），也有橫向細部的刻劃形容（如寫功臣像及畫馬現場效果）；既以昔盛今衰作"歷時"的對比，又用"弟子韓幹"的不同畫風、畫品作"共時"的反襯；中間用大量筆墨（三段）去表現曹霸的畫藝（尤其是畫馬技巧），直到最後四句才"圖窮匕現"，突顯感慨際遇的真正主題。……這種種"意匠經營"的結果，令全篇顯得結構謹嚴，絲絲入扣，又波瀾起伏，姿態橫生，極跌宕淋漓之致。因而獲得"古今題畫第一手"的盛譽。

　　這首詩處處寫曹霸，但同時也隱含了作者自己，因為杜氏與曹氏實有不少相通之處。

　　首先，都有值得引以為傲的"文采風流"的家世。杜甫遠祖社預，是晉朝的大將軍，文武兼備，曾注《左傳》，有"杜武庫"之稱；祖父審言則是初唐名詩人。

　　其次，都有曾令"至尊含笑"的光榮經歷。杜甫早歲即

"讀書破萬卷，下筆如有神"，後又獻賦長安，聲名喧赫，"玄宗奇之，召試文章，授京兆府兵曹參軍"（《舊唐書·杜甫傳》）。"翰林學士如堵牆，觀我落筆中書堂。……"（杜甫《莫相疑行》）他晚年想起這段"光榮史"猶興奮不已。

第三，都是昔盛今衰，天涯飄泊。安史亂後，杜甫"無官一身輕"，以前"致君堯舜"的抱負已成泡影，流落四川，靠朋友接濟度日，"往時文采動人主，此日飢寒趨路旁"（《莫相疑行》），與已"削籍為庶人"、處處遭人白眼的曹霸正是同病相憐。……

這些"造物弄人"的相似之處，令杜甫寫曹霸時，不禁時時聯想到自己，"不知（莊）周之夢為胡蝶與，胡蝶之夢為（莊）周與"（《莊子·齊物論》），但覺感慨係之，愴痛無限。由《丹青引》可見，要做到如少陵詩之"語不驚人死不休"，是必須以全情投入為前提的；倘就題畫詩而論，則"繪事功殊絕，幽襟興激昂"（《奉觀嚴鄭公廳事岷山沱江畫圖十韻》），主客觀二者均缺一不可。

存歿口號二首 （其二）

【題解】

　　這是杜甫在代宗大曆初年（766）寓居夔州時懷念兩位好友的作品。原注："高士滎陽鄭虔，善畫山水。曹霸，善畫馬。"時曹氏仍在世，而鄭氏已於兩年前（廣德二年，764）病歿貶所台州（今浙江臨海），故詩以"存歿"為題。

　　口號（háo嚎），是隨口吟成的意思。

【譯注】

鄭公粉繪隨長夜[1]，	隨着鄭公去世，他的畫迹已成絕筆；
曹霸丹青已白頭[2]。	曹霸仍專心創作，可惜垂垂老矣。
天下何曾有山水[3]？	現在，普天下哪有出色的山水畫？
人間不解重驊騮[4]！	而人世間誰又會珍惜千里馬呢！

　　〔1〕　粉繪：彩色圖畫。古人以石青、石綠、赭石、丹砂、鉛華等礦物研鍊成粉，再用色粉和膠彩繪圖畫，故稱"粉繪"，又名"粉圖"。如陳子昂有《山水粉圖》詩，李白有《當塗趙炎少府粉圖山水歌》等。李詩云："五色粉圖安足珍。"可見是彩畫。純粹的水墨畫要到中、晚唐後才逐

漸出現。長夜：指死者的歸宿。曹植《三良詩》："長夜何寂寞，一往不復返。"安史亂中，長安淪陷，鄭虔不及逃出，被迫授僞官。收京後，於至德二載〔757〕十二月以三等定罪，貶往台州，直至去世。

〔2〕 曹霸、丹青：注見《丹青引》。按《宣和畫譜》云："霸暮年飄泊於干戈之際，而卒不徒業，此子美所謂'富貴於我如浮雲'者，殆見乎此矣。"

〔3〕 何曾有：並非真的完全沒有，而是說有亦不佳，或有等於無。此句回應第一句，寫鄭虔，因其以畫山水著名。《新唐書·鄭虔傳》："虔善圖山水，⋯⋯嘗自寫其詩並畫以獻，帝大署其尾曰：鄭虔三絕。"

〔4〕 驊騮：語意雙關，既指良馬，亦指才人。此句回應第二句，因曹霸畫馬最出色。

【評析】

這首詩所寫兩人，都是才華卓犖，並一度嶄露頭角，但終於不見容於當局和社會，而被排斥擯棄，淪落天涯，鬱鬱不得志的大文藝家。杜甫與他們是知交，且同樣命途坎坷，所以寫來感同身受，特別動人。

當鄭虔去世時，杜甫曾作《哭台州鄭司户、蘇少監》五言排律："故舊誰憐我？平生鄭與蘇。存亡不重見，喪亂獨前途。豪俊何人在？文章掃地無！⋯⋯瘧病餐巴水，瘖瘂老蜀都。飄零迷哭處，天地日榛蕪！"涕淚縱橫，肝肺摧絕，可抵一篇大祭文。其中"豪俊"一聯，與此詩"天下何曾有山水"句，抒

225

寫的正是痛失英材兼憤世嫉俗的同一悲慨。而此詩末句（"人間不解重驊騮"），和《丹青引》"但看古來盛名下，終日坎壈纏其身"的終曲含意相通，皆令人痛心疾首，氣結難平。

杜甫的畫論

　　杜甫的題畫詩反映了他有一套成熟而系統的繪畫美學觀，這些觀點和六朝以來的畫論——尤其是謝赫提出的"六法"論息息相通。所以我們在介紹杜甫的畫論之前，須先明"六法"。

一、謝赫和"六法"

　　謝赫（約459—約536）為南朝人，生活於宋、齊、梁三個朝代。他本身是人物畫家，精於默寫，但最大的貢獻則是寫成《古畫品錄》——中國現存最早，又最完整、獨立的評論畫家、畫藝的著作。尤其是其中提到的"六法"，已被千百年來之中國畫家和批評家一致奉為藝術創作的金科玉律，甚至可作"中國畫"的代稱。

　　甚麼是六法？先看原文：

　　　　夫畫品者，蓋眾畫之優劣也。圖繪者，莫不明勸戒，著升沉，千載寂寥，披圖可鑑。雖畫有六法，罕能盡該，而自古及今，各善一節。六法者何？一氣韻生動是也；二骨法用筆是也；三應物象形是也；四隨類賦彩是也；五經營位置是也；六傳移模寫是也。

這裏首先說明，所謂"畫品"，就是評定"眾畫優劣"的意思。而評定須依據兩項標準：一項是內容標準，看是否能"明勸戒"、"著升沉"，起社會教化作用；另一項是藝術標準，也就是看是否合乎"六法"。所以，六法是關乎藝術形式美的問題。

對於六法的解釋（包括如何標點），從古至今，眾說紛紜，但依我個人之見，六法的意義及其關係是相當清楚明瞭的，無須刻意求深，繞太多的圈子。

第一，氣韻生動：這是對整體表達效果的要求。用現代漢語表述，就是要神氣活現，韻味盎然；即所謂"傳神"、"得神"之意。

第二，骨法用筆：這是對筆墨技巧、線條運用方面的要求。即要有沉雄的筆力，去營構線條美。所謂"縱橫逸筆，力遒韻雅"（謝赫評毛惠遠），所謂"用筆骨梗"（評江僧寶），均指此而言。

第三，應物象形：是對造型的要求。就是講求象真、逼肖，得形態美。

第四，隨類賦彩：是對設色的要求。須配合形象的塑造，講究色彩美。

第五，經營位置：猶東晉顧愷之提出的"置陳（陣）布勢"，強調構圖布局之美（既合理妥適，又有新意）。

第六，傳移模寫：是對創作方法的要求。"傳移"指臨摹，"模寫"指寫生、寫真。即既須師法前人，掌握傳統；更要師法自然，得其"天趣"。

總括來看，要能通過臨摹、寫生，在繼承傳統基礎上自出新意，做到構圖美、色彩美、形象美、筆法美，而達至整體象真逼肖，又神氣活現的高境界：這便是"六法"的真精神。而其中最重要的，是神韻和筆法二者。所以被謝氏列於第一品的五人，除陸探微似乎盡善盡美外，其他如曹不興，僅“觀其風骨”（氣韻、筆力），便知“名豈虛成”；衛協“雖不該備形似”，但“頗得壯氣凌跨”，亦可成“曠代絕筆”；張墨、荀勗二人，也是“但取精靈”而“遺其旨法”，故“若拘以體物，則未見精粹，若取之象外，方厭膏腴”，然皆不失為上品。這說明，當時的繪畫美學思想，已漸次從顧愷之的“以形寫神”，發展到要求“形神兼備”，並側重於神韻、筆致方面了。後世文人畫理論，在此已初現端倪。

二、杜甫的繪畫美學觀

杜甫的畫論除秉承六法之外，又有新的拓展。尤其是對畫家品格的要求，更直接為宋代完成的文人畫理論提供了另一重要基石。以下分別從審美標準、創作方法和對畫家的要求三方面，探討杜甫的繪畫美學觀。

（一）審美標準

第一，重形神兼備、生動逼真的效果（相當於六法中“氣韻生動”、“應物象形”、“隨類賦彩”三者的綜合）：無論畫人，畫馬，畫山水、松、鷹等等，均要求逼真、亂真，甚至奪真。例如《畫鷹》，便讚揚牠“絛鏇光堪摘，軒楹勢可呼”，並期望牠有朝一日振翮而起，“何當擊凡鳥，毛血灑平蕪”！有時又以畫作真，明知故問：“高堂見生鶻，颯爽動秋骨。初驚無拘攣，何得立突兀？”（《畫鶻行》）欣賞畫松，便覺“障子松林靜杳冥，憑軒忽若無丹青”（《題李尊師松樹障子歌》）。明明是山水畫，卻説："堂上不合生楓樹，怪底江山起煙霧。"
(《奉先劉少府新畫山水障歌》）忽而又"沱水流中座，岷山
到此堂。白波吹粉壁，青嶂插雕梁"(《奉觀嚴鄭公廳事岷山沱
江畫圖十韻》）；"高浪垂翻屋，崩崖欲壓牀。野橋分子細，沙
岸繞微茫"(《觀李固請司馬弟山水圖》），令人儼如身臨其境。
曹霸的人物畫在杜詩中本已虎虎生威："良相頭上進賢冠，猛將
腰間大羽箭；褒公鄂公毛髮動，英姿颯爽來酣戰。"(《丹青
引》）而他筆下的御馬更匪夷所思，竟似勾魂攝魄般，奪真馬
的神采："斯須九重真龍出，一洗萬古凡馬空！……"使得養
馬、掌馬的官員驚詫得面面相覷（"圉人太僕皆惆悵"）。

以上這些描寫，都表明杜甫對生動傳神的美學效果是何等
的重視。

第二，重瘦硬遒勁、骨氣剛健的風格（相當於六法的"骨
法用筆"）：要求畫家"畫骨"，表現"筋骨"、"天骨"，主
張"瘦硬通神"，是杜甫另一重要美學觀點；這種觀點在題詠
畫鷹、馬一類作品中表現最為突出。如《畫鶻行》的"颯爽動
秋骨"；《薛少保畫鶴》的"赤霄有真骨，恥飲洿池津"；《楊
監又出畫鷹十二扇》之"當時無凡材，百中皆用壯。……干戈
少暇日，真骨老崖嶂"；《天育驃騎歌》之"矯矯龍性合變化，
卓立天骨森開張"；《韋諷錄事宅觀曹將軍畫馬圖》之"騰驤磊
落三萬匹，皆與此圖筋骨同"等等，都是著例。而《丹青引》
之"迥立閶闔生長風"及"榻上庭前屹相向"兩句，只通過選
煉"迥"、"屹"二字，"便見馬骨之奇"(王嗣奭《杜臆》），更
是匠心獨運。另外，在題畫松的詩篇裏，如"兩株慘裂苔蘚
皮，屈鐵交錯迥高枝；白摧朽骨龍虎死，黑入太陰雷雨垂"

（《戲為韋偃雙松圖歌》）等句，也同樣可見突兀不羣、遒勁剛健的氣勢。

從顧愷之導揚“畫列士，有骨俱。……畫三馬，儁骨天奇”（《畫評》）的作風，到謝赫“骨法用筆”的主張，再到杜甫的觀點，顯然是一脈相承的。所以，說“（韓）幹惟畫肉不畫骨，忍使驊騮氣凋喪”（《丹青引》），實際代表了一種頗為嚴峻的批評。

第三，重意匠經營的構思（相當六法的“經營位置”）：杜甫戲說王宰“十日畫一水，五日畫一石”（《戲題王宰畫山水圖歌》），那並非諷刺他運筆遲滯，而是讚揚他能“意在筆先”，作認真、佳妙的構思。名家如曹霸，雖然技巧高超，也決不草率從事，而且，正由於有苦心孤詣的“意象慘澹經營”在前，才取得“須臾九重真龍出，一洗萬古凡馬空”的驚人藝術效果於後。就是沒沒無聞的李道士，能夠繪出偃蓋如龍、足以亂真的松林畫障，令人“對此興與精靈聚”，自然也不簡單，難怪杜甫要發出“已知仙客意相親，更覺良工心獨苦”的由衷讚歎（見《題李尊師松樹障子歌》）。

詩畫之道是相通的。杜甫嘗言：“新詩改罷自長吟”；又說：“語不驚人死不休”。也許正由於他有這種親身體驗，所以才對畫家“慘澹經營”之創作甘苦領略得特別深切吧。

第四，重縮龍成寸、尺幅千里的想像力和概括力：這一點實際是“置陳（陣）布勢”、“經營位置”的發展，因為它已涉及到天馬行空的藝術虛構範圍。南朝宋代宗炳撰《畫山水序》，提出：“豎劃三寸，當千仞之高；橫墨數尺，體百里之遠。……如是，則嵩、華之秀，玄牝之靈，皆可得之於一圖矣。”這一

"縮影"的構圖法則體現的主要還是"自然之勢"。而杜甫在《戲題王宰畫山水圖歌》中，卻乾脆把西方之崑崙、東方之方壺等仙山，以及洞庭湖、日本海、赤岸、銀河等或真或幻的水流，都統攝於一圖，充分表現了王宰繪畫"意出象外"(《益州名畫錄》)的特點。最後還特意讚揚他"尤工遠勢古莫比，咫尺應須論萬里"的藝術想像力和概括力，認為這是超羣邁往、前無古人的。

有研究者指出，中國山水畫構圖在唐中葉前後發生明顯變化。在此之前，主要以"咫尺千里"一類方式表現，即只有以上下表示高度和以向左右延伸表示長度的作法，還沒有明顯地以不同的層次表示縱深感的構思；唐中葉後，才有意識地以"咫尺重深"的手法，向縱深方向開拓畫境。(王去非《試談山水畫發展史上的一個問題》)如果這結論可信的話，那麼王宰的作品以及杜甫的理論概括，便正是中國山水畫構圖從"咫尺千里"到"咫尺重深"，也就是從"高遠"、"平遠"向"深遠"發展的一個標誌。

(二) 創作方法

第五，重觀察、寫生的方法(相當六法中的"傳移模寫")：杜甫亦肯定借鑑與師承，如說："近時馮紹正，能畫鷙鳥樣。明公出此圖，無乃傳其狀？殊姿各獨立，清絕心有向。……"(《楊監又出畫鷹十二扇》)指的便是臨仿之作。但杜甫更為重視的是"師造化"的寫生和寫真，所以在多處強調："乃知畫師妙，巧刮造化窟，寫此神俊姿，充君眼中物。"(《畫鶻行》)"此鷹寫真在左綿，卻嗟真骨遂虛傳。"(《姜楚

公畫角鷹歌》）"薛公十一鶴,皆寫青田真。"（《通泉縣署屋壁
薛少保畫鶴》）"當時四十萬匹馬,張公歎其材盡下,故獨寫真
傳世人,見之座右久更新。"（《天育驃騎圖歌》）"將軍得名三
十載,人間又見真乘黃。曾貌先帝照夜白,龍池十日飛霹靂。"
（《韋諷錄事宅觀曹將軍畫馬歌》）等等。而曹霸除了善於為駿
馬寫照外,還長於為人物傳神,故《丹青引》一再點明他"偶
逢佳士亦寫真"、"屢貌尋常行路人"的描繪肖像畫的本領。另
外,杜甫題山水畫的《奉觀嚴鄭公廳事岷山沱江畫圖十韻》,
光看詩題,便知詠的是寫生（或憶寫）的作品。

第六,重別開生面的創新精神:這一點在謝赫《古畫品錄》
中評論個別畫家時雖有所體現,但在"六法"中則並沒有直接
言明。現在杜甫特別予以強調,是重要的補充。比如畫人物,
讚揚曹霸能"下筆開生面"（使之大放異彩,栩栩如生）。畫
鷹、馬,則"巧刮造化窟","一洗萬古凡馬空"。畫山水,便
"尤工遠勢古莫比"。都突出作者邁越前人的獨造之處。而在
《奉先劉少府新畫山水障歌》裏更用"元氣淋漓障猶濕,真宰上
訴天應泣"的石破天驚之句,推許畫家"奪天地之工,洩造化
之秘"的出色技藝。……以上這些,都表明杜甫對文藝作品
"須自出機杼,成一家風骨,何能共人同生活也"（《魏書·祖
瑩傳》）的創新精神是何等重視和讚賞。

（三）對畫家的要求

第七,重畫家高尚的品格:將畫品和人品聯繫起來,這是
杜甫前無古人的新見,也是他由詩到畫、推己及人,經長期深
入觀照、體察後得出的結論。他認為,只有品格高尚又志行堅

毅的人，才能創造真正超羣拔俗之作；詩如是，畫亦然。所以他讚美王宰的畫藝，便先稱許其人品："十日畫一水，五日畫一石。能事不受相促迫，王宰始肯留真迹。"對藝術創作既是那樣一絲不苟，認真、嚴謹，而為人又是那樣的從容嫺雅，任性率真，不為世俗所拘。稱頌曹霸，也是首先歎賞其"丹青不知老將至，富貴於我如浮雲"的專精藝術、澹泊名利的精神，最後更在感慨坎坷遭遇的同時，對他"貧賤不移"的品格深表敬意。

杜甫這一崇尚畫家品德修養的見解，為後來的文人畫理論奠定了另一重要基石。

以上便是杜甫有關繪畫美學觀的要點。

其後張彥遠（中、晚唐人）《歷代名畫記》闡發謝赫、杜甫的觀點，指出："夫象物必在於形似，形似須全其骨氣，骨氣、形似皆本於立意而歸乎用筆"；"若氣韻不周，空陳形似，筆力未遒，空善賦彩，謂非妙也"。重點仍在氣韻、筆致上。所以"張（僧繇）、吳（道子）之妙，筆才一二，像已應焉，離披點畫，時見缺落，此雖筆不周而意周也"。這方面的見解主要取資於謝赫（部分亦關乎杜甫），顯然已為蘇軾"論畫以形似，見與兒童鄰。賦詩必此詩，定知非詩人"（《書鄢陵王主簿所畫折枝二首》）的著名論點埋下伏筆。另外張氏又認為："自古善畫者，莫匪衣冠貴胄，逸士高人，振妙一時，傳芳千祀，非閭閻鄙賤之所能為也。"這觀點實取資於杜甫然已有所偏頗。

到北宋，集當時文人畫理論大成的郭若虛在《圖畫見聞誌》中，也特重氣韻和筆法。強調"凡畫必周氣韻，方號世珍"；"神彩生於用筆。……所以意存筆先，筆周意內，畫盡意在，像應神全"。不過他認為"氣韻必在生知",後天難以學習得來,似未免過於絕對。至於對畫家的品格要求方面,郭氏則遙接杜甫的衣鉢,而糾正張彥遠過乎偏激之弊:

> 自古奇迹,多是軒冕才賢,巖穴上士,依仁遊藝,探賾鈎深,高雅之情,一寄於畫。人品既已高矣,氣韻不得不高;氣韻既已高矣,生動不得不至。所謂神之又神而能精焉。

經過從謝赫→杜甫→張彥遠→蘇軾→郭若虛等人數百年的努力,在世界藝壇上獨樹一幟、影響深遠的中國文人畫理論終底於成。

結束語——杜甫啟示錄

綜觀杜甫的一生，聯繫當前"世紀末"香港的社會百態，我覺得，至少可以得到如下兩點啟示：

第一，不可輕言放棄。

杜甫才華卓犖，但命途坎坷，飽經憂患，歷劫餘生，曾幾乎死於敵軍之手、皇帝之手、飢寒之手、疾病之手；而傾注其全部心血的作品又"未見有知音"（《南征》）。要是換了別人，恐怕早就堅持不住，但杜甫卻以頑強的意志，突過一個又一個難關："欲填溝壑惟疏放，自笑狂夫老更狂"（《狂夫》）；"留滯才難盡，艱危氣益增"（《泊岳陽城下》）！越困苦，便越堅毅，鬥志越昂揚。結果，終於在生命的晚期，煥發出奪目光彩，攀登上藝術頂峯。（晚年流寓夔州不足兩年，成詩四百五十餘首，幾佔全部現存杜詩三分一，平均不到兩天便作一首。很多名作均成於此時。尤其是七律，技巧爐火純青，進抵"從心所欲不逾矩"境界。）不妨設想，假如他半途已抵受不住，撒手塵寰，或者頹唐自廢，那麼，文壇上肯定將少了一批精金美玉，而唐詩在中國詩歌史以至世界詩史上的地位，恐怕便要減色，杜甫也可能成不了"詩聖"。可見，有時堅強的信念能發揮多麼大的作用。某位名人說過："主動的恢復和有利形勢的取得，往往就在於‘再堅持一下’的努力之中。"這一據說屢試不爽的經驗之談，值得我們仔細體味。

第二，不可輕說“成功”。

現時社會上簡直“成功人士”滿天飛。某人若賺了幾個大錢（不管用何種手段），有車有樓，當了公司董事，或成為甚麼委員、議員，“成功人士”的桂冠便馬上加到頭上，別人這樣恭維他，自己也恬然居之而不疑。其實，這種意識、這類風氣是極其淺薄可笑的。

我們看杜甫，作為詩壇泰山北斗，雖然滿懷自信，但其絕筆詩卻以這樣兩句收束：“家事丹砂訣，無成涕作霖。”全家生計匱乏，半世貧病交迫，回首平生，自覺一事無成，不禁淚如雨下。再看屈原，他在《離騷》裏嘆道：“日月忽其不淹兮，春與秋其代序；惟草木之零落兮，恐美人之遲暮。”也是充滿一種深懼“無成”的緊迫感。陶潛有類似詩句：“日月擲人去，有志不獲騁。念此懷悲淒，終曉不能靜。”（《雜詩十二首》之二）同樣覺得自己有志無成，虛度光陰。……如果說文學家特別多愁善感，那麼政治家又如何？孫中山先生畢生奔走革命，終於推翻數千年帝制，創立民國，再造中華，厥功至偉，但在《遺囑》中也語重心長地指出：“革命尚未成功，……”不妨再看科學家。著名學者愛因斯坦，曾先後發表狹義相對論、廣義相對論，華年驚眾，舉世矚目，後半生則致力“統一場論”的研究，惜迄無結果。相信他也是帶着事業“尚未成功”的滿腹遺憾離開塵世的。

請看，這些孜孜兀兀，摩頂放踵，為社會求進步，為大眾謀福祉，在各自專長的領域作出重大貢獻，令世人感念難忘的真正精英之士，都從未以“成功”自居，自詡，反而那些但求發迹，無所不為，稍一“得志”便語無倫次的大人先生，卻口

口聲聲標榜為"成功人士"，實在不知所謂。正是："爾曹身與名俱滅，不廢江河萬古流！"（杜甫《戲為六絕句》之一）

當然，相對來說，局部來說，某件事能取得預期結果，便可算"成功"。但從長遠看，整體看，宇宙的發展，人類的創化，都是無止境的（至少在可預見的將來是如此），任何一個人、一件事，無論怎樣轟轟烈烈，都不過是發展洪流中的點滴浪花、進化鍊條中的小小環節而已，又有何值得驕矜自傲之處，而可輕說"成功"？

曾子曰："士不可以不弘毅，任重而道遠。"（《論語·泰伯》）杜甫、孫中山、愛恩斯坦都是寬宏果毅、志向不凡、目光遠大的人，所以能自覺其不足，而從不故步自封。但願我們每時每刻也都能用這種"尚未成功"的精神不斷策勵自己。

選注者簡介

周錫馥（筆名金韋、周行），廣州人，香港出生。廣州中山大學文學碩士，香港大學哲學博士。歷任中國訓詁學會理事、中山大學中文系副教授、廣州詩社副社長，現任教於香港大學中文系。長期從事中國語言、文學、藝術的研究、教學工作。著書十六種，論文近百篇，詩詞、新詩、散文創作數百首（篇）。姓名列入《當代中青年社會科學家辭典》（1992）、《中山大學教授名錄》（1991）、《中國當代藝術名人大辭典》（1994）。作品以《詩經選》（港、台、大陸分別出版）、《杜牧詩選》（同上）、《王安石詩選》（同上）、《黎簡詩選》、《宋湘詩選》、《龔自珍編年詩注》（與劉逸生先生合作）、《閑話孽海花》（港、台出版）、《嶺南畫派》、《實用易學辭典》（與一人合作）、《中文應用寫作教程》（以上專著），《論〈史記〉不是史》、《二十四橋之謎》、《中國田園詩之研究》、《周代漢語句法的若干發展》、《從傳統文人畫到新文人畫》（以上論文）等較具代表性。

最近，以研究先秦漢語被動式起源、發展的論文（與唐鈺明合作）獲北京中國國家教委頒授首屆全國人文社會科學研究優秀成果獎。

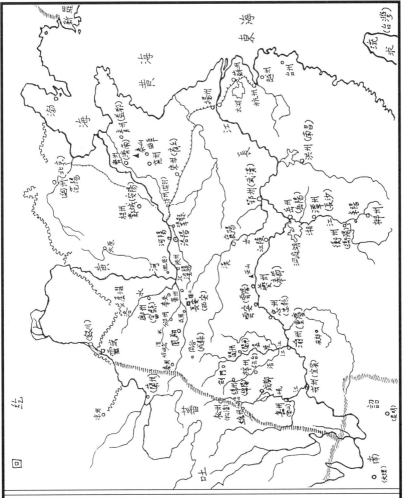

杜甫行蹤圖

周錫馥　繪